KB273337

내 인생을 위한 러브 코치

내 인생을 위한 러브 코치

내 인생을 위한 러브 코치

LOVE COACH

북&월드

내 인생을 위한 러브 코치

초판 1쇄 인쇄 | 2004년 10월 26일
초판 1쇄 발행 | 2004년 10월 29일

지은이 | 앙겔라 트로니
옮긴이 | 유영미
펴낸이 | 신성모
편 집 | 정종화
관 리 | 이영하
펴낸곳 | 북&월드

등 록 | 2000년 11월 23일 제10-2073호
주 소 | 서울시 서대문구 창천동 68-68 기린하우스 A동 501호
전 화 | 02-326-1013
팩 스 | 02-326-0232
email | onlybook@hanmail.net

ⓒ 북&월드, 2004. Printed in Seoul Korea

* 책값은 뒤표지에 표기되어 있습니다.
* 파본은 구입하신 서점에서 교환해 드립니다.

국립중앙도서관 출판시도서목록(CIP)

내 인생을 위한 러브 코치 = Love coach /
코르넬리아 망겔스도르프 지음 ; 유영미 옮김. -- 서울 : 북&월드, 2004
p. ;   cm

원서명: Was Frauen wollen
원저자명: Mangelsdorf, Cornelia
ISBN 89-90370-61-2 03850 : \8500

182.2-KDC4
155.3-DDC21   CIP2004001900

"인생의 단 한 가지 의미는 바로 사랑하고 욕망하는 것이다."

- 장 겐바흐

제3장 내겐 어떤 남자가 어울리나?

4장 조심해, 함정이야!

독자들 스스로 잘 알고 있듯이 여자들은 까다로운 존재다. 요즘 여자들은 많은 자유를 누리며 독립적인 삶을 영위하고 수준 높은 교육을 받을 수 있다. 우리 할머니 세대와는 사뭇 다르다. 하지만 그러다 보니 우리에겐 삶을 어떻게 영위할 것인가를 선택해야 하는 고통이 따른다. 곳곳에서 자신이 제일이며, 자신만 좋으면 된다는 개인주의와 이기주의를 옹호하는 목소리가 높다. 하지만 그럼에도 불구하고 우리 여자들의 가슴속에는 무수한 소망들, 발리 구두, 샤넬 립스틱, 구찌 안경과 더불어 한 가지 커다란 태곳적 소망이 존재하고 있으니 그것은 바로 '사랑받고 싶다' 는 소망이다. 미국 로맨틱 코미디 영화 〈왓 위민 원트What Women Want〉에 등장하는 멜 깁슨처럼 여자를 이해해주고, 우리와 더불어 사랑이라는 모험에 뛰어들고, 우리의 생각을 읽을 수 있는 남자로부터 사랑받고 싶다는 소망. 〈왓 위민 원트〉에서 멜 깁슨은 자신이 사랑하는 여자의 생각까지 읽을 수 있는 남자다. 그는 심지어 여자의 기분을 느껴보기 위해 다리털을 모조리 밀기도 한다. 우리는 이런 삶을 원한다. 얼마 전 나는 이런 자문을 했다. 우리 여자들은 (남자들로부터) 원하는 것을 어떻게 얻어낼 수 있을까? 그것을 얻어내기 위해 어떻게 행동해야 할까?

처음 이 책을 쓰려는 생각을 했을 때, 내게 남자들은 정말 알다가도 모를 존재들이었다. 당연히 나는 여자들이 무엇을 원하는지 아는 남자들이 많을 것이라고는 꿈에도 생각하지 않았다. 하지만 그렇다면 나는 이제까지 내가 원하는 것이 무엇인지 알고 있었던가? 나는 거의 꿸기 내지 실험하는 기분으로 남자들을 기웃거렸고, 이상한 남자들에 대해 뒤에서 한탄했고 내가 진짜 괜찮은 사람을 알아볼 능력이 있는지 의심했다. 내가 무엇을 원하고 필요로 하는지 알고 있는, 멍청하고 알량한 자존심 따위('3일 동안은 전화하지 않는다' 는 규칙 같은)를 버리고 적극적으로 관계를 맺을 수 있는 남자, 처음부터 자신의 감정을 인정하고 사랑에 대해 자랑스러워할 수 있는 남자를 알아볼 수 있을까?

그리고 나는 알았다. 남자들이 우리에게 무엇인가를 해주기 원한다면 먼저 우리가 원하는 것이 무엇인지를 알아야 한다는 것을. 그리하여 이 책의 1장에서는 우리 여자들이 가장 원하는 것이 무엇인가 하는 것을 다루고자 한다. 각 단락은 픽션으로 시작될 것이다. 한 번은 남성의 시각으로, 한 번은 여성의 시각으로 이상적인 상황이 묘사될 것이다. 이어 픽션은 현실과 비교될 것이며 원한다면 독자들 자신의 현실과 비교할 수 있을 것이다.

2장에서는 여자들이 자신이 원하는 것을 얻기 위해 어떻게 해야 하는가를 살펴보게 될 것이다. 각 단락마다 범례를 등장시켜 여자가 갖추어야 할 아주 다양하면서도 서로 결합될 수 있는 핵심 능력들을 제시할 것이다.

3장에서는 다섯 가지 타입의 여성과 그들에게 맞는 남자는 어떤 타입인가를 살펴볼 것이다. 독자들은 자신이 어떤 타입에 속하는지 점검할 수 있다.

4장에서는 여자들이 결코 (두 번 다시) 빠져서는 안 될 함정들에 대해 언급할 것이다. 관계를 맺지 말아야 할 남자들과 여자 스스로 제거해버려야 하는 부정적인 예언들도 말이다. 남자들과 문제가 있거나, 남자친구가 생기지 않는다고 스스로 자신감 있고 섹시한 여자가 되기를 포기할 필요는 없다. 우리는 스스로 생각하는 것보다 남자들에게 더 많은 영향을 끼치고 그들을 조종할 수 있다. 그들에게 어떤 힘을 행사할 수 있는지 파악했을 때 우리는 편안하게 사랑하고자 하는 남자들과 관계를 맺을 수 있다.

그러나 우선 우리는 사랑하는 남자로부터 원하는 모든 것을 얻어낼 수는 없다는 것을 명심해야 한다. 매혹적이며, 물질과 사랑으로 우리를 호강시켜주는 동시에 좋은 친구가 되어줄 수 있는 남자는 거의 없다. 그러므로 남자들로부터 얻을 수 있는 것을 향유하되, 결코 해줄 수 없는 것을 무리하게 요구하지 말라. 그것은 친구나 동료들과 함께 하면 되지 않는가? 너무 완벽한 것을 바라는 사람은 결코 만족하지 못할 것이다. 그에 반해 순간의 행복을 즐기고, 남자가 보여주는 작은 사랑스런 제스처를 소중히 여기는 사람은 자신을 행복하게 할 뿐 아니라 남자를 행복하게 만들 것이다. 그리고 알다시피 행복한 사람들은 완벽에 가까워진다!

　재미있게 읽기 바라며 이 책을 통해 삶 속에서, 즉 실전에서 많은 재미를 보기 바란다.

여자들이 원하는 것

1

이번 장에서 당신은 다른 여자들은 어떤 소망을 가지고 있는지를 알게 될 것이다. 아마도 당신의 소망과 비슷할 것이다. 그러므로 이번 장을 통해 당신에게 어떤 소망들이 내재해 있는지를 점검해보라. 그중 어떤 소망이 가장 절실한가? 이번 장의 내용을 자신의 경험과 비교해보라. 그리고 그 소망을 위해 오늘 당장 무엇인가를 해보라.

이번 장에서 당신은 다른 여자들은 어떤 소망을 가지고 있는지를 알게 될 것이다. 아마도 당신의 소망과 비슷할 것이다. 그러므로 이번 장을 통해 당신에게 어떤 소망들이 내재해 있는지를 점검해보라. 그중 어떤 소망이 가장 절실한가? 이번 장의 내용을 자신의 경험과 비교해보라. 그리고 그 소망을 위해 오늘 당장 무엇인가를 해보라.

1. 날 바라봐줘!

픽션

여자가 문을 열고 들어온다. 카페가 사람들로 붐비고 있음에도 불구하고 나는 그녀 쪽을 유심히 바라본다. 눈에 확 들어오기 때문이다. 머리에 무거운 짐을 올려놓았음에도 불구하고 균형을 잃지 않는 아프리카 여인네들 같은 걸음걸이! 인공적이지 않은 우아함! 손으로 머리칼을 매만지는 모습은 내 첫사랑을 상기시킨다. 아아……. 사실 객관적으로 보면 그녀는 그다지 아름다운 축에 끼지 않는다. 이상적인 체중에서 몇 킬로그램 더 나갈 듯한 몸매다. 하지만 그녀의 움직임에서 나는 그녀가 자신의 신체를 만족스러워하고 잘 가꾸고 있음을 느낀다. 그녀의 몸짓은 고양이처럼 유연하다. 한 남자에게 자신의 모든 것을 내줄 수 있는 여자라는 느낌이 든다. 오랜만에 내 가슴속에 설렘이 느껴진다. 그녀의 목소리를 들으며 설렘은 더욱 커진다. 그 목소리는 매우 고혹적이다. 남자들을 돌게 만드는 목소리. 그녀는 모든 남자들이 원하는 여성임에 틀림없다. 주변을 돌아본다. 다른 남자들도 그녀를 주목하는 듯하다. 사람들은 그녀를 엘레나라고 부른다. 엘레나가 웃는 모습이란! 그녀는 눈웃음을 친다. 그녀의 눈빛은 "나랑 친구가 되자! 내게 다가와도 괜찮아. 나는 남자들을 두려워하지 않아"

라고 말하고 있다. 아아! 그녀가 허락하기만 한다면 난 그녀를 사랑하고 말 테다. 그녀는 나의 테이블 곁을 지나간다. 신선한 향기가 느껴진다! 향수는 아닌 것 같고 향기로운 샤워 젤을 사용한 듯하다. 그녀의 모든 것은 이렇게 은은하다. 사실 카페에는 객관적으로 완벽한 여자들도 많은데 유독 그녀가 나의 마음을 사로잡는 이유는 무엇일까? 그녀는 다른 성형 미인들보다 훨씬 매력 있게 다가온다. 나는 그녀에게 말을 걸 것이다. 지금 바로!

현실

엘레나는 운이 좋다. 그녀는 한 남자의 쏟아지는 시선을 받는다. 여자들은 무엇을 원하는가? 시선 받기를 원한다! 영화 속 여자 주인공처럼 사랑스러운 여자가 되어 남자로부터 '집어삼킴'을 당하고 싶어한다. 누군가의 열렬한 흠모의 대상이 된다는 건 생각만 해도 기분 좋아지는 일이다. 주목을 끌 수 있다는 것은 대중매체가 자꾸만 사람들 시선을 앗아가는 시대에 귀중한 자산이 아닐 수 없다. 다른 사람들의 삶에 중요한 존재가 되고 싶은 마음은 도저히 제어되지 않는 매력적인 욕구다. 관심의 대상이 되는 것은 너무나 중요한 일이며, 자존심을 세워주는 일이다. 여자들은 남자들보다 외부의 시선을 훨씬 중요하게 여긴다. 여자들은 뭇사람들의 평가와 갈채에 종속되어 살아가는 존재라 해도 과언이 아니다.

　카페로 들어갈 때 어떤 사람에게서도 시선을 받지 못하는 것보다 기분 나쁜 일은 없다. 있으나마나 한 사람으로 머무르는 것보다 슬픈 일은 없다. 우리 여자들은 (남자들의) 시선 받기를 원한다. '여자는 남자를 유혹해야 한다' 는 메시지가 우리 가슴 속에 뚜렷이 새겨져 있다.

세간의 시선을 받고 인정을 받기 위해 우리는 많은 노력을 한다. 새 타이어 한 벌 값과 맞먹는 유명 메이커 구두를 사고, 부지런히 미용실에 들락거리며 파마와 염색을 해대는 등 여성미를 극대화하기 위해 온갖 수단을 동원한다. 사람들의 마음에 들기 위해.

그러나 주목을 끄는 여자는 어떤 여자인가? 여기 좋은 소식이 있다. 시선을 받고 관심의 대상이 되기 위해 명품으로 치장해야 할 필요는 없다는. 시선을 받기 위해 루이비통 가방이나 샤넬 구두, 구찌 선글라스가 필요한 것은 아니다. 또한 목소리를 높이거나 과장된 제스처를 보일 필요도 없다.

주목의 대상이 되고 관심을 받고자 하는 사람은 먼저 자신을 주목하고 스스로에 대해 관심을 가져야 한다. 내게 필요한 것은 무엇인지, 나의 상태는 어떤지, 내가 민감한 부분은 어디인지, 나의 장점은 무엇인지……. 이렇게 자신에게 관심을 갖고 주목하는 사람은 외부에도 그런 느낌을 고스란히 전달하게 된다. 타인의 주목을 끄는 사람은 타인이 자기 자신에 대해 관심 있어 할 것이라는 것을 아는 사람, 즉 자신이 주목받을 가치가 있음을 아는 사람이다. 자존감이 있고 자신의 신체에 만족하는 사람이 약간만

뻔뻔스러워지면 시선집중은 따놓은 당상이다.

당신은 실제로 어떠한가?

당신은 어떤가? 당신이 원하는 시선을 받고 있는가? 아니면 언제 어디서나 "있으나마나 한 여자"로 은밀히 고통 받고 있는가? 여태껏 그렇게 살아왔다면 자신에게 최상의 무대 조명을 선사할 때다. 자신을 주목하라. 스스로 주목하지 않으면서 다른 사람들이 먼저 주목해주기를 기대하지 말라. 타인의 시선을 받는가 그렇지 않은가는 자신에게 달려 있다. 모델처럼 될 필요는 없다. 다음을 명심하라.

❋ 시선을 끄는 여자가 되는 비결

⋯▶ 자신을 비하하지 말라. 자신을 비하하는 것은 가뜩이나 약한 여자의 자존감을 무너뜨린다.

⋯▶ 자신을 세워주라. 당신의 좋은 점은 무엇인가? 계속 못생긴 부분에만 집착하지 말고 장점에 주목하라.

⋯▶ 스스로에게 좋은 선물을 하라. 하루쯤 빈둥거리며 아무 일도 하지 않는 시간을 갖는다든가, 가고 싶었던 멋진 음악회를 간다든가, 의도적으로 충동구매를 한다든가⋯⋯. 이런 일들은 삶의 긴장을 풀

어주고 기쁨을 느끼게 해줄 것이며 나아가 주목을 끌게 만드는 내적 잠재력이 될 것이다.

···▶ 부모처럼 자신을 걱정하고 보살피라. 배터리가 떨어져 너무 지치거나, 허무하거나, 지루한 나머지 달팽이집 속으로 기어들어가고 싶을 때까지 내버려두지 말라. 매일매일 즐거운 일을 만들기 위해 노력하라. 벤치에 앉아 잠깐 일광욕을 즐기는 등 아주 하찮은 즐거움이어도 상관없다. 컨디션이 좋으면 그것은 주변에 발산된다. 사람들은 당신 곁으로 모여들 것이다.

남자들로부터 충분한 관심을 받고 있는가?

남자들로부터 사랑어린 관심을 받고 원하는 모든 것을 얻어내는 여자들이 있다. 그러나 무척 갈망하지만 일생 동안 단 한 남자의 관심도 끌지 못하는 여자도 있다. 이들은 어디가 다른 것일까? 스물여덟 살 아네트의 말을 들어보자.

남자에게 관심을 받나 못 받나 자신에게 달려 있는 것 같아요. 최소한 내 경험으론 그래요. 5년 전에 나는 한 남자를 사귀었죠. 그 사랑은 실패로 끝났어요. 사귀면서 계속 나는 무시당하는 느낌이었어요. 남자친구는 나를 존중해주기는커녕 거의 무관심했지요. 기분이 울적할 때는 대화를 하고 싶었지만 그는 내가 어떻게 지내는지, 기분은 어떤지 전혀 관심이 없었어요. 관계를 주도하는 건 나였죠. 나는 모든 일을 알아서 했어요. 영화표를 예매하고, 음식을 준비하고, 친구들과 약속을 잡고, 선물을 사고……. 내가 남자친구를 얼마나 떠받들었는지 아세요? 나는 남자친구에게 옷과 책과 CD를 사주었어요. 물론 그렇게 하면서 재미있었어요. 나는 누군가에게 선물하는 걸 좋아하니까요.

그런데 차차 남자친구가 그런 일들을 아주 당연시하고 있다는 느낌을 받았어요. 그는 나를 거의 슈퍼우먼으로 여기고 있는 것 같았지요. 그렇게 모든 일에 앞장서서 2년쯤 관계를 끌어나갔을까? 나는 완전히 지쳐서 나가떨어지고 말았어요. 그와의 관계가 너무 부담스러워지기 시작했어요. 나는 무지무지 애쓰는데, 그는 내게 일흔 살 먹은 그의 할머니에게 보여주는 관심만큼도 보여주지 않는 거예요. 그래서 결국 우리는 헤어졌어요. 내가 이 관계에서 범한 치명적인 잘못을 인식한 것은 헤어지고 제법 시간이 흐른 후였어요. 깨닫고 보니 남자친구가 내게 그토록 무심했던 것은 남자친구의 잘못만은 아니었어요. 나는 끊임없이 주목을 받으려고 애썼고 늘 분주하게 모든 일을 계획했지요. 그러면서 늘 안절부절 못했고 어떤 부분에서는 그의 도움이 필요하다는 내색을 전혀 하지 않았어요. 관계를 청산한 후 남자친구는 내게 영영 잊지 못할 한 마디를 던졌어요. 그는 이렇게 말했죠. "모든 걸 너 혼자 다했잖아. 네게 난 별로 필요 없는 존재였어." 그랬어요. 남자들은 자기가 필요한 사람이라는 느낌을 갖기 원해요. 나는 그에게 그런 감정을 느낄 겨를을 주지 않았죠. 내가 적극적으로 나갈수록 그는 점점 소극적이 되었고 어느 순간 나는 그에게 아무래도 좋은 사람이 되어버린 거죠.

지금 나는 새로운 남자친구와 사귀고 있어요. 물론 행동방식을 180도 바꾸었지요. 나는 현재의 남자친구에게 내가 모든 것을 알아서 하는 여자라는 느낌을 주지 않도록 조심하고 있어요. 일부러 게으른 척하면서 남자친구로 하여금 직접 행동을 하도록 유도하고 있지요. 그랬더니 어떤 일이 일어났는지 아세요? 남자친구는 종종 재미있는 이벤트를 만들고요, 내가 뾰로통해 있는 것 같으면 무슨 일 때문이냐고 캐물어요. 모든 것을 혼자서 처리하던 습관을 버리니까 관심을 받는 것은 그리 어려운 일이 아니더라고요. 요즘 나는 의식적으로 나의 행동에 브레이크를 걸어요. 그러면서 남자친구로 하여금 자상한 남자가 되게끔 하고 있지요. 나는 이전 관계에서 한 가지 교훈을 얻었고 그것을 활용하고 있는 거예요. 그 교훈은 바로 남자는 여자들에게 뭔가 해줄 수 있을 때 행복감을 느낀다는 것이랍니다.

아네트의 이야기에서도 알 수 있듯이 남자들의 행동을 조종하는 것은 여자들이다. 믿기지 않는다고? 다음 조언을 실천해보라. 근사한 일이 일어날 테니까.

✽ 남자에게 관심을 끌어내는 비결

…▸ 잠잠하라. 주목받고 싶으면 기다릴 줄 알아야 한다. 남자가 행동할 때까지 기다려라.

…▸ 모든 것을 혼자서 해결하지 말라. 남자에게 관심을 표명할 영역을 남겨주어야 한다.

…▸ 때때로 남자에게 그가 당신을 얼마나 행복하게 만들어주는지에 대해 칭찬하라. 남자는 인정받을 때 더 많은 것을 주고 싶어한다. 남자는 여자가 행복해 하는 모습을 보고 싶어한다.

…▸ 다른 사람들에게 바라는 일들이 무엇인지 점검하라. 그것들이 실현 가능성이 있는 것들인가? 기대치가 너무 높은 것은 아닌가? 기대치가 너무 높으면 기쁨도 별로 없다.

…▸ 남자로 하여금 아무리 작은 관심이라도 보이게 유도하라. 남자가 레스토랑의 문을 붙잡아주고, 외투를 벗겨주고, 계산서를 지불할 때가지 기다려라. 모든 것을 혼자 빨랑빨랑 다 해버리면 남자로부터 떠받들어지고 있다는 느낌을 받을 시간이 없다.

2. 내 기분을 맞춰줘!

픽션

그는 내가 젠틀맨을 원한다는 사실을 눈치챘다. 그리고 그 방법으로 나를 정복했다. 처음 만나기로 한 날 나는 그가 멋지게 차려입고 꽃다발을 들고 오는 장면을 상상했다. 아! 얼마나 말도 안 되는 상상인가. 첫 만남에 꽃다발이라니! 김칫국 좀 작작 마시자! 나는 얼른 자신을 나무랐다. 순간 벨이 울렸다. 그리고 종이가 바스락거리는 소리가 났다. 그는 계단 두 개를 한걸음에 올라 환하게 웃으며 내 앞에 섰다. 뒤에 뭔가를 감추고 있었다. 환상적인 꽃다발! 와우! 이렇게 나의 기대에 부응할 수 있을까? 우리는 그의 자동차를 타고 외출했다. 그는 내게 자동차 문을 열어주었으며 레스토랑에 들어가서는 가장 좋은 자리에 앉혔다. 그리고 붉은 포도주를 원하는지, 백포도주를 원하는지 물었다. 물론 계산은 그의 몫이었다. 그 후로도 계속⋯⋯.

우리가 그의 집 근처에 있는 레스토랑에서 식사하면 그는 나를 데려다주기 위해 먼 길을 돌아간다. 그는 결코 나를 혼자 보내지 않는다. 그는 아직 한 번도 나를 실망시킨 적이 없다. 그는 매일 하루를 시작하면서 내게 전화를 한다. 저녁마다, 때로는 오후에도 전화를 한다. 처음에 나는 신중했다. 그가 어떤 사람인지 잘 몰랐고, 그와 계속 잘될 것인지 몰랐으므로. 나는 망설이면서 사태를 주시했고 그가 그만두자고 하지는 않을지, 내가 먼저 그만두자고 해야 하는 것은 아닌지 머리를 굴렸다. 그러나 그는 그렇게 하지 않았고, 나도 그렇게 하지 않았다. 그가 전화하는 횟수가 늘어나면서 그는 점점 내 머리와 마음을 사로잡기 시작했다. 그는 내가 무엇을 하고 있는지, 어떤 기분인지, 무슨 생각을 하고 있는지 궁금해 했고, 자신이 무엇을 하고 있는지를 밝혔다.

나는 조금씩 그에게 다가갔다. 그와 함께 있으면 주인공이 된 것 같은, 때로는 공주가 된 것 같은 기분이 된다. 우리는 아주 가까워졌고 서로 비밀이 없는 사이가 되었다. 그는 내게 모든 이야기를 하고, 내가 어디에서 무엇을 하고 있는지를 알고 싶어한다. 지금 우리는 함께 지내고 싶어한다. 이대로 잘 된다면 일생 동안 말이다.

현실

정말 멋져! 여자의 눈을 보고 원하는 것을 척척 알아채는 남자라니! 신사적이고 여자의 기분을 적절히 맞춰주는 남자라! 웬 꿈같은 이야기인가. 그런 남자는 희귀상품이다. 그렇지 않은가?

아니! 꼭 그렇지는 않다. 다행히도 사랑하는 여인의 영웅이 되고 싶어하는 남자들은 아직도 많다. 기사들이여, 영원하라! 매력적이고 친절하게 여자들의 기분을 맞추어주는 멋진 신사들! 매너 있고 고상하면서도 여자들에게 적절히 아첨할 줄 아는 남자……. 이런 남자는 모든 여자들이 그리는 꿈의 이상형이다. 어떤 여자가 고상한 신사의 열렬한 흠모를 뿌리칠 수 있단 말인가? 이런 남자는 연령과 계층을 막론하고 모든 여성들이 원하는 남자다. 우리는 모두 '프리티우먼'이 되기를 원하기 때문이다. 디트리히 슈바니츠는 진정한 남자에 대해 이렇게 말한다. "그의 안에는 기사도 정신이 숨쉬고, 관대하며, 자신의 유익을 돌보지 않고, 여자를 배려하며, 용감하고, 희생정신이 있으며, 예의바르다. 모든 소인배들을 혐오하고 돈에 얽매이지 않으며 너그러이 지출하고 꾸어준다. 돈 내기 놀음을 하면 친구들에게 슬쩍 져주고 즐길 줄 앎으로 유흥비를 아끼지 않는다. (…)" 여자들이 기사도 정신을 갖춘 남자에게 끌리는 것은 놀랄 일이 아니다. 그들은 용기 있고 훌륭한 보디가드일 뿐 아니라, 깍듯한 예의범절은 그들이 기품 있는 집안 출신임을 말해준다. 그는 여자에게 무언의 언어로 그와 함께라면 어딜 가더라도 대우받을 것을 약속한다.

그렇다. 다행히 여자들을 감동시키고자 하는 기사들은 존재한다. 다만 그들의 활동영역은 원형투기장이 아니라 자칫 진부해 보이는 우리의 일상이다. 그들은 직장에서 우리의 컴퓨터를 손보아주는 친절한 동료의 모습으로, 기차간에서 우리의 트렁크를 짐칸에 넣어주는 옆자리 승객의 모습으로, 슈퍼마켓에서 카트 빼는 것을 도와주는 호감 가는 이웃의 모습으로 등장한다. 우리에게 작은 문제가 생길 때 주변 남자들의 기사도 정신은 유감없이 발휘된다.

이런 영웅과 기사와 신사들에게 여자들이 할 일은 무조건적인 갈채를 보내주는 것이다. 슈바니츠는 이렇게 말한다. "그들은 우레와 같은 박수 속에서 성공을 절감한다."

물론 중요한 것은 당신 기분을 맞춰주는 남자가 진짜 젠틀맨인가 아니면 그저 모조품에 불과한가 하는 것이다. 처음 사귈 때 꽃다발을 안기고, 멋들어진 식사를 대접하며 분위기를 잡는 남자는 널리고 널렸다. 하지만 대부분의 경우 몇 달이 지나지 않아 본색이 드러난다. 그러나 당신은 운이 좋은 여자일 것이다. 그리하여 당신이 만난 남자는 검은 머리 파뿌리 될 때까지 당신을 행복하게 만드는 것을 생의 목표로 삼은 남자일 것이다. 그렇다면 방법은 하나다. 당장 그를 붙잡아라!

당신은 실제로 어떠한가?

당신이 지금 우울하거나 한숨을 쉬고 있다면 남자로부터 기분맞춤을 받아본 지가 오래되었음에 틀림없다. 별로 이상한 일은 아니다. 여자들의 기분을 맞춰주는 남자가 많이 있는 건 아니니까. 그런 남자를 꾀는 건 거저 되는 일이 아니다. 멋진 신사는 아무 여자나 흠모하지 않는다. 신사는 자신의 사랑과 서비스를 받을 만한 지성과 몸가짐을 갖춘 여자를 찾는다.

그렇다면 어떤 여자가 기사에게 점수를 따는가? 자부심 있고 자신의 가치를 잘 아는 여자다. 그런 여자는 결코 남자 뒤를 졸졸 따라다니지 않는다. 자기가 따라다니기 전에 남자들이 차지해버리니 말이다. 사귐이 시작되고 여자와의 거리를 확 좁히는 건 남자의 몫이다. 여자들에게 어울리는 건 은근한 유혹이다. 남자를 쳐다보고 잠시 다른 곳을 쳐다보다가 다시 남자를 쳐다보고, 그리고는 다시 주변사람들과 사물을 응시하고…… 그것은 관심이 있다는 신호로 충분하다.

남자들로부터 기분맞춤을 받고 싶은 여자들은 자신이 가진 것을 당장에 모두 드러내 보여서는 안 된다. 헤프게 설쳐대는 대신 남자로 하여금 여자의 주목을 얻기 위해 약간의 노력을 해야 할 듯한 감정을 불러일으켜야 한다. 젠틀맨의 농담에 대번 큰소리로 깔깔거리며 웃는 여자는 밥맛이다. 그런 여자는 젠틀맨을 얻는 데 실패한다. 젠틀맨의 말을 호기심 있게 경청하고 묻고 그의 현재의 삶을 조용히 그려보고 기다리는 편이 훨씬 낫다. 여기서 인내는 무시할 수 없는 역할을 한다. 그리고 눈치도 한몫한다. 남자에게 자신에 대해 너무 많은 말을 하지 말고, 한동안은 가까이할 수 없는 존재가 되라. 하지만 그렇다고 폐쇄적인 느낌을 주어서는 안 된다. 눈치와 매력의 적절한 혼합이 신사를 유혹한다. 왜냐하면 신사는 어느 장소든, 어느 상황이든 함께 있어서 기분 좋을 수 있는 자신과 비슷한 여성을 찾기 때문이다.

당신의 남자는 신사인가?

이 질문에 당신은 기뻐하며 "예"라고 대답하겠는가? 아니면 한탄 섞인 "아니오"라고 대답하겠는가? 돌리지 않고 말하겠다. 우직한 무식쟁이를 신사로 만드는 건 어렵다. 아니 거의 불가능하다. 젠틀맨은 선천적으로 타고나거나 오랜 세월 훈련을 통해 만들어진다. 젠틀맨들은 대부분 좋은 가정교육을 받았고 종종은 젠틀맨을 아버지로 둔 사람들이다. 이런 배경이 부족하거나 스스로 젠틀맨이 되는 데 관심이 없는 경우 억지로 젠틀맨으로 만들기는 힘들다. 그러므로 신사와 함께하는 것이 당신의 인생에 중요하다고 생각한다면, 아무나 신사로 키우려는 헛된 노력을 하기보단 신사를 찾아 유혹하는 편이 낫다. 소시지가게 점원을 귀족으로 만들 수 있다는 생각은 버리라.

3. 나를 존중해줘!

픽션

그는 그녀가 너무나도 자랑스럽다. 그녀는 다시금 해냈다! 아이가 아팠음에도 불구하고 이번 작품을 완벽하게 끝낸 것이다. 다음날 중요한 손님이 아틀리에에 들를 예정이었기 때문에 밤을 새워 그 일을 마무리했다. 그 손님은 그림에 아주 매료되는 눈치였다. 밤을 지새운 날 아침에 여자의 눈 밑에 깃들여 있는 검은 그림자를 안쓰럽고 대견한 표정으로 바라본다. 그는 이런 그림자를 좋아한다. 그 그림자는 이야기를 담고 있다. 그치지 않는 호기심과 삶의 의욕, 근면과 치열함과 약간의 힘겨움에 대한 이야기를 말이다. 여자는 투사다. 혼자서 지구 끝까지라도 갈 사람이다. 그래서 그는 그녀를 더욱 사랑한다. 여자의 세계관은 가끔 그를 불안하게 하기도 하지만 다른 사람들에게는 좀처럼 느끼기 어려운 존경심을 일깨운다. 늦은 저녁, 식탁에 앉은 여자의 눈은 거의 감기려고 한다. 남자는 이런 하루를 보낸 날이면 여자가 다리를 지탱할 힘도 없다는 것을, 이미 젖 먹던 힘까지 쏟아버린 상태라는 것을 잘 안다. 이런 일이 종종 있었으니까. 여자는 몸을 아끼지 않고 혼신의 힘을 기울였고 지금 와인을 한 잔 곁들인 저녁식사를 한 후 눈을 제대로 뜨고 있을 수조차 없는 듯 최소한의 눈꺼풀만을 열고 있다. 남자로서는 이 순간이 여자가 가장 사랑스러운 순간이다. 남자는 여자를 조용히 일으켜 이마에 키스를 하고 여자를 침실로 밀어넣어 버린다. 남자는 이 밤에 여자가 자신의 팔베개에 머리를 누인 채 쌔근쌔근 자는 것으로 만족한다. 남자는 그녀와 그녀와 함께하는 삶을 사랑한다. 그녀에게 그가 없었다면 어땠을까? 너무 힘들게 하지 말고 그만 쉬라고, 너무 스트레스 받지 말라고, 지금도 잘하고 있다고, 넌 정말 괜찮은 여자라고, 넌 나의 여왕이며 보물 같은 존재라고 누가 말해주었을까?

현실

위의 장면은 우리의 가슴을 높이 뛰게 한다. 파트너를 진정으로 사랑하는 남자. 그는 여자를 이해하고 여자를 걱정해준다. 여자의 아무것도 그에게 거슬리지 않는다. 남자는 여자를 존경하고 일과 복잡한 감정세계와 심지어 피곤까지도 이해해준다.

존경심은 행복한 부부를 만드는 열쇠이다. 존경심은 서로 이해하고 관용하고 인정하게 만들어준다. 존경하는 사람은 상대방을 사랑스런 시선으로 주시하고 상대방의 행복을 위해 노력한다. 더욱 좋은 것은 상대방을 존경하면 상대방을 위해 뭔가를 하는 것이 전혀 힘들지 않게 느껴진다는 것이다. 아무것도 지나치게 생각되지 않는다. 존경심은 상대방에 대한 흥미를 북돋우고 보호본능을 일으키며 상대방으로 인해 머리와 가슴과 배가 동시에 만족을 얻도록 한다.

파트너 관계에 존경이라는 요소가 결핍되면 파경은 예정되어 있는 것이나 마찬가지다. 존경이 결핍되면 흠잡기와 헐뜯기가 시작된다. 그리고 장기적으로 사랑은 사라진다. 크리스틴은 이렇게 이야기한다.

그 사람이 날 속이고 외도를 했다는 것을 알았을 때 우리를 묶어주던 서로에 대한 존경심은 일순간에 날아가고 말았어요. 그럼에도 불구하고 다시 잘해보려고 노력했지요. 한 일 년, 무던

히도 애를 썼어요. 하지만 그때마다 내 안에 말없는 투쟁이 되살아났지요. 그 사람을 사랑하고 존중하려고 했지만 더 이상 그럴 수가 없었어요. 그는 내게 깊은 상처를 남겼고, 나는 그가 외도를 했다는 사실을 뇌리에서 지울 수가 없었지요. 우린 끝내 헤어졌어요. 더 이상 관계를 지속한다는 것이 무의미했지요. 존경이 사라지자 상대방에게 뭔가 좋은 것을 해주고 싶은 마음도 사라졌어요. 존경심은 두 사람을 튼튼하게 묶어주는 역할을 하고 관계를 지켜야 한다는 느낌을 불러일으키지요. 그러나 존경심을 잃은 남자랑은 더 이상 함께할 수 없었어요.

존경. 그렇다. 이것은 중요하다. 그럼, 존경받는 여자는 어떤 여자일까? 존경받는 여자는 남자로부터 한편으로는 보호본능을, 다른 한편으로는 고개를 끄덕이게 하는 인정을 유발할 수 있는 여자다. 주관이 있으면서도 삶에 대해 열린 시각을 잃지 않는 여자다. 믿음직스럽고 강한 여자이지만 자신의 약한 부분을 보여주는 데도 문제가 없는 여자이다.

존경받기 위해 영웅적인 행동을 해야 하는 것은 아니다. 그러나 "나는 내가 무엇을 하고 있는지, 그리고 무엇을 할 것인지 알고 있어" 하는 모종의 확신은 다른 사람들의 존경을 불러일으킨다. 성실하고 확신에 차 있는 여자는 자신의 인생이 어디로 흘러가는 것인지 안중에 없는 여자와는 다르게 존경심을 유발한다.

갈팡질팡하는 여자는 파트너로 하여금 갈피를 잡을 수 없게 만들고 존경심을 상실하게 만든다.

당신은 실제로 어떠한가?

당신은 존경받을 만한 점을 가지고 있는가? 어떤 부분이 존경을 유발하는지 구체적으로 알기 위해 다음과 같은 활동을 해보라. 종이 한 장을 꺼내서, 주변사람들과 가족들 중 당신이 가장 존경하는 사람이 누구인지 생각해보라. 같은 연배의 사람을 고르는 것이 좋고 기왕이면 여자를 고르는 것이 좋다. 그리고 왜, 어떤 이유로 그 사람을 존경하는지를 생각해보라. 최소한 그 사람의 세 가지 특징을 적어보라. 그에게서 가장 높이 살 만한 것이 무엇인가? 늘 침착한 것? 믿음직스러운 것? 주관이 뚜렷한 것? 그 사람에 대한 다른 사람의 반응을 관찰해보라. 사람들이 그를 어떻게 대하는가? 존경심이 어떻게 표현되는가?

그러면 존경받는 사람들은 특별한 보너스를 누리게 됨을 확인하게 될 것이다. 사람들은 그들의 말에 귀기울이고, 조언을 구하며 그들에게 탄복한다. 존경받는 사람은 이렇듯 대우를 받는다. 그러나 이것은 그저 우연히 주어지는 게 아니다. 존경받는 사람은 그럴 만한 특질을 갖고 있다. 안정감과 신뢰감을 풍기며 자기 이야기만 하지 않고 다른 사람들의 말을 잘 들어줄 줄 아는 사람들이다. 존경을 받는다는 것은 소중하고 유용한 자산이며, 파트너 관계뿐 아니라 모든 인간관계에서 적용된다. 자기 자신을 관찰해보라. 당신은 얼마만큼 사람들로부터 존경받고 있는가? 존경을 받기 위해 무엇을 할 수 있을까?

✼ 존경심을 유발하는 태도

…▸ 너무 성급하거나 부산스럽게 말하지 않는다. 말하기 전에 생각을 정리한다. 가능하면 말을 아끼고, 쉽고 확실하게 표현함으로써 자신이 표현하고자 하는 바가 제대로 전달되게 한다.

…▸ 조용함에 힘이 있다. 침착하고 평온한 인상을 풍기려고 노력하라. 침묵은 믿음직스러운 인상을 준다.

…▸ 이기적인 사람이 되지 않는다. 자기 이야기만 하는 사람은 어느 순간 매력을 상실한다. 다른 사람들에게 관심을 보이라.

…▸ 아주 중요한 사항: 자신이 용납할 수 있는 행동의 한도를 정하라. 남자친구가 아무 말도 없이 약속 시간에 30분 늦게 나타났는가? 그에게 앞으로 이런 일은 없도록 해달라고 부탁하라. 그가 정각에 나타나지 않으면 한 번쯤 그냥 가버리라.

여자를 존중하는 남자는 어떤 남자인가?

무엇보다 스스로 자부심이 있는 남자다. 그는 자존감이 있고 자신의 인생을 책임지며 여자가 주체적으로 살아가는 것을 높이 평가한다. 여자를 존경하는 남자는 여자를 남자의 장식품으로 만들고자 하지 않는다. 그는 남자 잘 만나 신분 상승을 꿈꾸는 신데렐라를 원하지 않으며 동등한 관계를 원한다. 여자의 감정과 생각이 그의 인생을 더 풍요롭고 아름답고 강렬하게 만들어줄 수 있음을 알기 때문이다. 그는 여자의 고민이나 사기 저하, 그리고 끝나지 않을 것 같은 의미 찾기를 사랑하고 자신을 때로 여자의 상담자나 보호자 내지 친구나 남자 형제로 생각한다. 그는 여자가 하는 일을 인정하고 여자의 삶에 관심이 많다. 그에게 여자는 단순한 트로피나 액세서리가 아니다. 이런 타입의 남자를 만나는 건 행운이다. 우리가 원하는 가장 최상의 조건을 갖춘 남자가 아닌가. 일시적인 연애 상대가 아닌 영원히 함께하고 싶은 사람이 아닐 수 없다. 이런 남자를 발견했다면 절대로 놓치지 말라.

4. 요부가 되고 싶어!

픽션

그녀는 에로스의 화신이다. 최소한 그녀를 아는 남자들은 그렇게 말한다. 그녀는 자신을 연출할 줄 안다. 시선집중을 좋아하기 때문이다. 그녀는 의식적으로 공간을 누빈다. 턱을 약간 높이 들고 목을 길게 빼고 몸을 꼿꼿이 세우고……. 빛나는 눈동자는 그녀의 가장 큰 자산이다. 호기심으로 가득 차 있는 눈. 삶에 대한 호기심, 만남에 대한 호기심. 매순간의 삶에 최선을 다하려는 열정. 그런 눈으로 그녀는 모든 것을 빨아들인다. 그녀의 시선을 받는 남자는 마치 따뜻한 소나기를 맞는 듯한 기분을 느낀다. 그녀의 눈길은 '난 너와 모든 것을 함께 하길 원해' 라고 속삭인다. 말 한 마디 하지 않아도 말이다. 그녀는 자신이 남자들이 탐낼 만한 여자라고 생각하며, 그 때문에 실지로 남자들의 시선을 받는다. 그녀는 자신을 자연스럽게 연출한다. 그녀의 이상형은 자연스런 섹시함을 연출하는 로미 슈나이더와 유혹하는 우아함을 지닌 재키 케네디, 자신을 드라마틱하게 연출할 줄 아는 마리아 칼라스 등이다. 그녀는 이런 우상들로부터 배운다. 로미로부터 육감적이면서도 은은하게 옷 입는 법을, 케네디로부터 우아한 몸짓을, 칼라스로부터 드라마틱한 메이크업을. 강렬한 립스틱은 유혹의 진수다. 그녀는 즐길 줄 안다. 다른 사람들이 일에 치여 헐떡일 때 그녀는 목욕에 우선순위를 둔다. 아침 11시라 해도 느긋하게 목욕을 즐긴다. 그녀는 모든 기회를 활용해서 자신이 원하는 삶을 살고자 하며 삶에서 주어지는 모든 것을 만끽하려고 노력한다. 아침식사 때는 망고의 달콤한 맛에 흠뻑 잠기고, 늦가을에는 공원 벤치에 앉아 그 해가 선사하는 마지막 따스한 햇살을 즐긴다. 그리고 횡단보도 앞에서 신호등이 바뀌기를 기다릴 때는 낯선 사람들의 시선을 즐긴다. 이런 순간순간들은 그녀의 관능의 배터리를 빽빽하게 채우는 데 기여한다. 그녀는 종종 섹스와 애무와 키스를 욕망하며 있는 그대로의 자신의 신체를 좋아한다. 속옷 사는 것을 즐기고 바지보다 치마나 원피스를 자주 입는다. 매끄러운 머리카락, 향기 나는 피부에 부드러운 실크를 감은 요부로 보이고 싶어하는 그녀는 순간적인 유혹을 감지하는 놀라운 재능을 가지고 있으며 거기에 굴복하기를 두려워하지 않는다. 그녀는 모험적인 삶을 살며 향락을 위해 위험을 무릅쓴다. 이런 태도가 그녀로 하여금 이성의 호기심의 대상이 되게 한다.

현실

운동을 하고, 다이어트를 하고 상사의 기분을 맞추어주고, 주말에는 가족들 뒤치다꺼리를 하고……. 이 모든 것을 다 하고 나서 관능적인 매력에 신경을 쓸 시간이 어디 있는가? 그러나 어떻게 보면 관능적인 여자가 되는 것은 시간이 있고 없고의 문제는 아니다. 관능적인 여자가 될 것인가, 아니면 관능을 포기할 것인가 하는 것은 자신의 결정에 달린 문제다. 물론 직업적으로 바쁘고 신경 쓸 일도 많은 사람은 새로 출시된 화장품 같은 것에 신경을 쓸 수도 없고, 몇 시간 동안 사우나에 가서 빈둥거릴 수도 없다.

하지만 관능적인 매력은 시간을 내어 어떤 연출을 해야 가능한 일이 아니라, 마음 자세를 바꾸면 저절로 생겨나는 것이다. 검정색 망사 스타킹을 신고 다닐 필요도 없다. 관능적인 여자가 되는 데는 청바지와 티셔츠만으로 충분하다.

관능의 가장 커다란 적은 스트레스다. 스트레스를 받으면 우리는 종종 우리가 남자인지 여자인지 서른 살인지 삼백 살인지 무감각해진다. 스트레스를 받으면 양말을 짝짝이로 신었는지도 알지 못하고, 아침마다 거울을 보고 빙그레 미소 짓는 여유도 잊어버린다. 누군가에게 애교를 떨거나 미소나 눈웃음을 보내지도 못한다. 스트레스를 받는 사람은 자신은 물론 타인에게도 주목하지 못하며 동료가 보내는 사랑 넘치는 제스처를 눈치채지도 못한다. 유감스런 일이다.

사실 관능은 어떤 구체적인 결과를 가져오지 않아도 인생의 양념이 된다. 관능미가 있는 여자들은 자신들의 여성성과 매력을 숨기거나 섹시함을 야한 속옷을 입었을 때 잠시 드러내 보였다가 다음번 섹스 때까지 잠재워두는 것이라고 생각하는 여자들에 비해 남자들에게 더 강하게 어필한다. 모든 감각을 활용하는 법을 연습했기 때문이다. 후각·미각·촉각·시각·청각, 이 모든 감각을 훈련하는 사람은 더 재미있는 삶을 살게 되고 더 많은 성적 즐거움을 얻게 된다.

당신은 실제로 어떠한가?

아마도 당신은 어릴 때 대부분의 여자들처럼 여자는 겸손해야 하며 너무 튀어서는 안 된다고 배웠을 것이다. 그러나 그런 교육은 이제 구식이 되었다. 우리 여자들은 오늘날 많은 가능성들을 가지고 있다. 대학도 다닐 수 있고 기업의 임원이 될 수도 있고 전문 경영인이 될 수도 있다. 게다가 우리는 아름다운 여성이다. 우리는 우리를 아름답게 하기 위해 모든 수단을 동원할 수 있다. 대담한 옷을 입을 수 있으며 향수와 영화와 음악회 등으로 우리의 감각을 훈련시킬 수 있다. 하지만 그럼에도 불구하고 자신과 자신의 신체의 가치를 제대로 평가하는 것을 힘들어하는 여자들이 많다. 여전히 자신의 강한 부분에 주목하기보다는 약점에 주목하는 여자들이 많다. 그들은 자기표현을 꺼리며 '눈에 띄지 않는' 사람이 되고자 한다. 튀는 것보다 눈에 띄지 않는 것이 낫다고 생각한다. 그리하여 '진짜 자부심'을 잃어버린다. 진짜 자부심이라는 말은 미국의 심리치료사 나다니엘 브란덴이 창조한 개념으로 자기 만족감에서 나오는 자부심을 의미한다. 이런 의미의 자부심은 매우 가치가 있는 것이라고 브란덴은 강조한다. 관능적인 매력은 가치 있는 것이다. 관능미는 자부심을 만들고, 자부심은 믿을 만하게 만들고 존경을 받게 만든다. 존경을 받는 사람은 종종 직업을 통해 높은 보수를 받는다. 평소 눈에 띄지 않게 뒤에 머물기를 좋아하고 관능적인 매력에 거부감을 느낀다면 왜 그런지 자문해보아야 할 것이다. 관능적인 매력이 지성이나 직업적 능력과 모순된다고 생각해서인가? 그렇지 않다. 어떤 사람도 당신이 관능적이라는 이유로 당신의 능력이나 지성을 앗아가지 않는다. 그러므로 자신의 신체에 자부심을 가지라.

하루를 보내며 자신에 대해 비판이 솟아오를 때마다 그 사항을 적어보라. 바지가 꽉 끼는가? 아하, 아마 자신이 뚱뚱해서 미련하게 보인다고 생각할 것이다. 그것을 리스트에 적어보라. 동료가 하기 싫은 일을 떠맡겼는데 능력 없어 보일까봐 아무 소리도 못 했는가? 그것도 리스트에 적어보라. 양심의 가책을 느끼지 않고 삶의 주도권을 발휘한다면 우리의 삶은 훨씬 아름다울 수 있을 것이다. 플로리안 일리스의 책 『무죄로의 길』에 보면 얼마나 불합리한 것들이 우리로 하여금 양심의 가책을 느끼게 하고 자신감을 잃게 하는가를 알 수 있다. 그렇다. 우리는 살찌는 것이 두려워 맥도날드에서 포식하고 싶은 마음을 잠재우고, 조깅을 게을리하는 자신에 대해 양심의 가책을 느낀다. 심지어 모든 일이 순조롭게 진행되어 평안할 때도 양심의 가책을 느낀다. 우리는 일리스의 책을 통해 우리의 삶이 얼마나 불합리한지를 알 수 있다. 우리는 약점 리스트를 날마다 연장하며 부지런히 그에 대해 떠들어대는 데 선수들이다. 이제 반격을 개시해야 한다. 불평을 멈추고 우리의 작은 성공에 대해 말하기를 시작해야 한다. 우선 자신과의 대화에서만이라도 말이다. 멋진 식사, 완벽하게 다림질 된 옷,

상쾌한 저녁. 이 모든 것은 자신을 칭찬하고 즐거워할 충분한 이유가 된다. 이런 삶을 배운 사람은 관능적 매력을 발산할 기본 전제들을 갖춘 사람이다.

당신이 어떤 육감적인 특성을 가지고 있는지 생각해보라. 신체의 어떤 부분이 마음에 드는가? 그것을 최상의 빛으로 조명하여 온 세상에 알리라. 그리하여 주목과 관심과 사랑을 선물로 얻으라.

당신은 관능적 매력을 발산하는 여자인가?

✳ 당신의 관능 테스트

⋯▸ 당신이 남자들이 많이 앉아 있는 카페 곁을 지나간다. 많은 남자들이 당신을 쳐다볼까?

⋯▸ 마음속에 남자 동료들을 떠올려보라. 그들 중 몇이 당신을 정말 '괜찮은 여자'라고 생각할까?

⋯▸ 절친한 여자친구에게 물어보라. 그 친구가 당신을 관능적이라고 생각하는가? 그렇지 않다면 이유는 무엇인가?

이 질문 중 두 개에 부정적인 답변을 했다면 작은 변화를 시도할 때이다.

···➤ 거울을 바라보라. 당신의 장점은 어디인가? 도톰한 입술인가? 작은 기미인가? 아름다운 부분을 강조하라. 그리고 완벽하지 않은 부분에 대한 콤플렉스를 버리라.

···➤ 옷장을 훑어보라. 사람들이 당신의 옷장을 열어본다면 당신을 관능의 여신이라고 생각하겠는가? 아니면 무슨 농사꾼의 옷장을 보는 걸로 생각하겠는가? 치마보다 바지가 많고 하이힐보다 운동화가 많고 탑보다 목티가 많다면, 그것도 자신의 몸보다 한 치수 더 큰 것들이라면 낭비적인 쇼핑을 한 것이 분명하다. 작은 탑과 몸에 달라붙는 니트, 꼭 맞는 검은 치마를 구입하라. 그리고 망사 스타킹들과 펌프스(굽이 높고 끈과 쇠가 없는 여성용 구두)와 원피스를 구입하라.

···➤ 다른 사람을 똑바로 쳐다보라. 당신이 다른 사람을 의식할 때에 다른 사람도 당신을 의식한다.

···➤ 자세를 고치라. 꼿꼿하게 서서 걷고(뒷굽이 높은 신발을 신으면 절로 그렇게 된다) 고개를 들고 가슴을 내밀어라.

···➤ 제스처를 풍부하게 하라. 머리를 쓰다듬는 등 자

신을 표현하기 위해 손을 활용하라. 남자들은 말하는 손을 에로틱하게 느낀다.

⋯▶ 인생의 주인공이 되라. 자신을 유쾌하고 기분 좋게 만들어라. 너무 주변 눈치를 보지 말라. 자기 행동은 자신에게만 정당하면 된다.

⋯▶ 하루하루를 새로운 삶의 시작으로 의미 있게 살라. 이 하루가 마지막 날이 될 수도 있음을 기억하면서 최선을 다하라!

⋯▶ 눈에 띄는 것을 주저하지 말라.

⋯▶ 다른 사람들이 당신에 대해 쑥덕거리면 오히려 기뻐하라. 다른 사람들이 질투하고 있다는 것은 당신이 옳은 길을 가고 있다는 표시이다.

5. 스타일 있는 남자가 좋다

픽션

그의 의상을 보면 그가 얼마나 삶을 사랑하는지를 알 수 있다. 그는 도리안 그레이처럼 세심하게 의상을 선택한다. 여름에는 30년대 유행하던 밝은색 면 양복에 넥타이를 매고 윗주머니에 행커치프를 꽂는 것도 잊지 않는다. 신발은 물론 핸드 메이드다. 머리 손

질은 시내에서 가장 유명한 미용사에게 맡긴다. 미용사는 그의 아름다운 이마를 강조하는 헤어스타일을 해준다. 이마는 그의 얼굴에서 가장 커다란 매력 포인트다. 손톱은 완벽하게 손질되어 있다. 그는 뛰어난 스타일 감각을 자랑한다. 맥주를 많이 마셔 불쑥 나온 배를 드러내놓고 다니는 옆집 남자와는 차원이 다르다. 그렇다. 스타일 있는 남자는 다르다. 그의 기호는 그를 존경하는 사람들에 대한 사랑의 표현이다. 스타일을 통해 그는 의사를 전달하고 자신을 표현한다. 레스토랑에서 자리를 잡는 태도와 여자와 대화하는 어조는 친밀함과 진실함과 유혹을 발산한다. 스타일 있는 남자는 널려 있는 물건 중에서 자신에게 어울리는 가장 최상의 것을 찾을 줄 안다. 그리고 정확히 그 능력이 여자를 매혹시킨다. 자신을 꾸미는 그의 재능은 우리 안에 호기심을 일깨우고 그의 잘 다듬어진 삶을 궁금하게 한다. 그가 아름답고 비싼 물건들을 다루는 태도는 에로틱하기까지 하다. 스타일을 연출한다는 것은 그를 바라보는 여자들에게 구애한다는 의미다. 그는 여자들의 주목을 끌기 위해 결코 많은 것을 할 필요가 없다. 그저 자신의 자리에 서서 아름답게 꾸미는 것으로 충분하다.

현실

스타일 있는 남자는 무더기로 있는 것이 아니다. 스타일 있는 사람이 되려면 돈도 필요하고 교육도 필요하기 때문이다. 우리 여자들은 그런 남자를 동경하고 또 동경한다. 여자들은 스타일 있는 남자와 그 남자가 보여주는 심오한 제스처를 갈망한다. 스타일 있는 남자는 자신이 여러모로 심오한 지식을 갖추고 있는 사람임을 나타낸다. 사랑에 관해서도 말이다. 기호와 스타일을 개발하는 것은 의사소통의 한 가지 방법이며, 사람과 사물과 문화를 대하는 방법이다. 스타일이 있는 사람은 자신이 삶에 관심이 있고 인생에 경험이 있음을 보여주는 것이다. 이것이 바로 스타일 있는 남자들이 여자들에게 어필하는 이유다. 우리 여자들은 완벽하게 꾸며진 한 남자의 집에 들어설 때 거의 도취적인 기분이 된다. 원목 마루에 은촛대, 이태리 디자이너 소파는 우리에게 안정감을 약속한다. 공간을 사랑스런 소품들로 꾸며놓은 것을 보며 그가 가장 귀중한 자산인 우리 역시 완벽하게 다루리라는 것을 확신한다.

스타일이 있는 남자는 신뢰감을 준다. 스타일은 미학적인 차원에서 끝나는 문제가 아니다. 좋은 스타일은 인간관계적인 차원을 갖는다. 입생 로랑 디자이너 탐 포트는 이렇게 말했다. "무엇을 입고 다니는가가 중요한 것이 아니라, 그로써 사람들에게 어떤 메시지를 전달하느냐가 문제다. 다른 사람들로 하여금 위압감을 느끼게끔 옷 입는 사람은 몰취미한 사람이다."

그에 따르면 스타일은 엘리트적인 것이 아니라, 사람 사이를 이어주는 요소를 지닌 것이다. 수준 높은 이론이다. 우리는 여성

잡지에서 몰취미한 남자를 세련된 남자로 만들기 위해 우리가 얼마나 세심한 노력을 기울여야 하는지를 읽을 수 있다. 그것은 정말 힘든 일이다. 차라리 원래부터 스타일 감각이 있는 남자를 낚는 것이 낫다. 어떻게 하면 그럴 수 있을까?

당신은 실제로 어떠한가?

방정식은 아주 간단하다. 미적 감각을 가진 남자 주변에는 비슷한 여자들이 있다는 것. 그러므로 자신이 스타일 있는 여자가 되는 것이 비결이다. 스타일 있는 여자들은 시장패션보다는 디자이너 브랜드의 옷을 선호한다. 바느질 상태가 어떤지, 단추 구멍은 손으로 뚫은 것인지 등이 중요하기 때문이다. 스타일 있는 사람들은 조그마한 것도 건성으로 넘기지 않는다. 그들이 단순한 소비자들이 아니라, 전통주의자들이며 완벽주의자들이기 때문이다. 그들은 어떤 거실에 들어섰을 때 주인들이 안락하게 이용하는 거실인지, 아니면 그저 남들에게 보여줄 목적으로 꾸민 거실인지를 꿰뚫어보는 눈을 가지고 있다. 스타일 있는 남자들은 외모와 자동차와 오디오 세트를 눈여겨본다. 이 여자가 어떤 음악을 좋아하는지가 중요하기 때문에. 다음은 스타일 감각이 '꽝' 인 여자를 차버린 요아킴의 이야기다.

그녀가 내게 관심을 보였으므로 나는 어느 날 그녀를 레스토랑으로 초대했어요. 그곳은 미식가들의 전당이라 할 만큼 수준 높은 식당이었죠. 나는 전에 먹어본 적이 있는 여덟 가지 코스 요리를 시킬 마음이었고 우선 샴페인 먼저 시켰어요. 이어 웨이터가 주문을 받기 위해 우리 테이블로 다가왔을 때 그녀는 아주 짧고 분명하게 자신은 별도의 메뉴를 주문하지 않고 나한테 나오는 여덟 가지 코스 요리를 약간 거들겠다고 말했어요. 순간 먹지도 않은 음식이 목에 걸리는 기분이었죠. 나는 충격을 받았고 실망했어요. 그래서 샴페인 값을 지불하고 그냥 일어섰지요. 그녀는 자못 놀라는 눈치였어요. 하지만 난 달리 행동할 수 없었어요. 칼로리를 일일이 따지면서 먹는 여자는 딱 질색이거든요. 먹는 것에 흥미를 느끼지 못한다면 그녀와의 섹스는 어떻겠어요? 나는 그녀와 두 번 다시 만나고 싶은 생각이 없어요.

자신의 스타일을 개발하라. 스타일 개발은 재미있는 일이다. 스타일은 일상생활의 많은 부분에서 드러난다. 말하는 것에서, 옷 입는 것에서, 친구들을 고르는 데에서, 교제하는 방식에서, 즐겨 마시는 음료수에서, 즐겨먹는 음식에서, 요리에서, 집 꾸밈에서, 여행에서……. 스타일은 자신과 타인을 위한 메시지이며, 합법적으로 다른 사람과 나를 구분 지어주는 경계이며, 특정 그룹에 속해 있다는 표징이다. 당신은 어떤 스타일을 구사하는가? 자문해보라.

…▶ 당신의 거실은 어떤 분위기인가?

…▶ 왜 그렇게 꾸며놓고 사는가?

…▶ 왜 지금의 자동차를 타고 다니는가?

…▶ 가장 좋아하는 옷은 어떤 것인가?

…▶ 절대로 입지 않는 옷은 어떤 것인가?

…▶ 여가 시간을 어떻게 보내는가?

…▶ 무얼 하기를 좋아하는가?

…▶ 어떤 음악을 즐겨 듣는가?

…▶ 음악을 들으며 어떤 것들을 연상하는가?

스타일을 개발해보라. 때로 오류를 범하기도 하면서 말이다. 스타일을 찾는 데 친구나 가족들의 도움을 받으라. 당신이 스타일을 찾으면 가족들은 환호할 것이다. 미적 감각을 연마하는 것은 자신뿐 아니라 주위 사람들에게도 유쾌한 것이니까 말이다. 할머니는 감동해서 은촛대 두 개를 선물로 줄지도 모른다.

어떻게 스타일 있는 남자를 잡을까?

이미 말했듯이 스타일 있는 남자 곁에는 스타일 있는 여자가 있다. 옷이나 장신구나 헤어스타일이나 구두는 출신 배경과 스타일의 방향을 알려준다. 멋진 여자로 인정되도록 의식적으로 자신을 꾸며보라. 진주 액세서리와 클래식한 의상과 은은한 화장은 보수적인 남자들에게 어필할 것이다. 하지만 이런 남자들을 어디에서 만날 수 있을까?

✲ 스타일 좋은 남자를 낚을 만한 장소

···› 일터에서: 누가 여자를 상대로 시시껄렁한 농담을 하지 않는지, 누가 당신이 들어갈 때 문을 잡아주는지 누가 매너 있는 남자인지 유심히 살펴보라. 직장에서는 커피 한잔 할 기회를 비교적 쉽게 만들 수 있고 연결은 쉽게 이루어진다. 작은 핑계를 대는 것으로 충분하다.("저, 프로젝트 B에 대해 함께 얘기를 나누고 싶은데요.")

···› 쇼핑하러 가서: 작은 와인샵이나 재즈바에 가보라. 그곳은 스타일 있는 남자들이 잘 가는 장소이다. 스타일 있는 남자들은 좋은 와인을 분간하는 코에, 음악을 들을 줄 아는 감각을 가지고 있으니까.

···› 여가 시간에: 미식가들의 전당에 가서 코스요리를 이용하라. 그곳에서 정말 미식가를 만날 수 있을지도 모른다. 스타일 있는 남자들 중 다수가 최고급 요리를 즐기는 것을 자아실현의 일종으로 생각한다.

…▸ 운동을 하면서: 시내의 헬스클럽 중 괜찮은 남자들이 이용하는 곳이 어디인지를 물색하라. 요즘 점심시간이나 퇴근시간을 이용해 러닝머쉰 위를 뛰는 것이 유행이다.

…▸ 친구들 가운데: 남자친구들에게 당신이 어떤 타입의 남자를 원하는지를 홍보하고 스타일 있는 남자에 대해 찬사를 보내라. 당신의 남자친구들로 하여금 자신들이 동원할 수 있는 잠재력을 발휘하도록 자극하라. 개중에 한 사람 정말 스타일 있는 남자로 변신할지도 모른다.

…▸ 신문·잡지·인터넷을 통해: 여러 매체를 이용해보라. 친구에게 당신의 스타일을 묘사해달라고 부탁하고 당신이 원하는 남자의 특성을 정리하여 신문이나 인터넷에 광고를 내라. 밑져야 본전 아닌가?

6. 믿음이 없으면 사랑도 없지

픽션

베아테와 랄프는 학창 시절부터 커플이었다. 학교는 달랐어도 열

일곱 살 때부터 사귀었다. 학창 시절 베아테가 수업이 없을 때면 랄프는 수업을 농땡이 치고 자전거를 타고 10분 거리에 있는 시내로 달려와 베아테와 커피를 마시곤 했다. 대학에 가서도 함께 했고 대학을 졸업한 후 아이를 낳고 공동의 집도 마련했다. 그동안 식구는 다섯으로 늘었다. 베아테는 아이들을 보살피는 한편 틈틈이 지방자치단체 일을 하고 랄프는 사업을 하는데 오후 6시쯤이면 어김없이 집에 들어온다. 가족과 함께 시간을 보내고 싶어하기 때문이다. 베아테와 랄프는 대부분의 여가 시간을 별 무리 없이 함께 보낸다. 둘의 몸짓은 아직도 부드럽고 사랑에 차 있다. 랄프는 베아테에 대해 이렇게 말한다.

"살아가면서 나와 베아테가 신뢰하듯 그렇게 서로 신뢰를 경험하는 사람은 많지 않을 것입니다. 우리는 20년 이상이나 함께 했고 지금 서른여덟이니 아직도 창창하지요. 대학 공부를 하고 아이들을 낳고 함께 집을 지었던 일은 우리를 새로운 도전 앞에 서게 했고 그 경험을 통해 우리는 성장했습니다. 다행히 우리는 아직도 둘만의 시간을 즐기곤 합니다. 바쁘지만 정기적으로 베이비 시터를 써서 토요일 저녁에 단둘이 외출을 하거나 밤에 친구들과 어울리기도 하지요. 오랜 시간을 함께했지만 우리 사이의 에로틱한 설렘은 아직 사라지지 않았습니다."

베아테도 비슷한 의견이다.

"우리는 어떻게 보면 커다란 특권을 누리고 있는지도 몰라요. 우린 결코 서로에 대한 신뢰를 무너뜨린 적이 없어요. 우리 중 아무도 외도를 한 적이 없어요. 물론 각자 다른 사람에게 관심을 느꼈던 순간들은 있었지만, 한순간이었을 뿐 그저 관심을 갖는 이상의 일은 일어나지 않았지요. 우리 둘은 서로가 서로에게 얼마나 필요한 존재인지를 잘 알고 있고 신뢰를 더욱 두텁게 쌓아가고 있어요. 그럼으로써 우리의 결혼생활에 제3자가 미칠 수 있는 해로운 영향을 계속적으로 배제하고 있지요. 물론 늘 쉽기만 한 것은 아니에요. 하지만 우리가 서로에게 충실함으로써 아니 충실하기로 마음먹음으로써 우리는 공동의 공간 속에서 아이들과 행복을 누릴 수 있지요. 다른 사람들도 우릴 보고 그런 것들을 느낄 수 있으리라고 생각해요."

현실

사랑은 식어도 정은 영원하다. 처음 사랑에 빠진 커플들은 하늘에 맹세코 이렇게 약속한다. "난 평생 동안 널 떠나지 않을 거야." "널 행복하게 하기 위해 무슨 일이든 할게."

처음에 함께할 때 사랑하는 두 사람은 장밋빛 꿈을 꾼다. 신체와 영혼은 특정한 호르몬 덕분에 얼근하게 취한다. 사랑에 빠지는 것은 우리 내면에 전신 마사지를 하는 것과 같다. 상처는 딱지가 떨어져 깨끗이 아물고 우리 속에는 아름다운 피가 흐르기 시작한다. 신체는 날아갈 듯하며 예전의 사랑의 상처는 깨끗이 치유된다.

　로스앤젤레스 캘리포니아 대학의 연구 결과 이런 사랑은 스트레스에 대항하는 가장 효력 있는 수단임이 밝혀졌다. 사랑을 하면 안티 스트레스 호르몬인 옥시토신의 생성이 촉진된다고 한다. 여자들은 보통 남자들보다 옥시토신 수치가 높다. 왜냐하면 여성 호르몬인 에스트로겐이 옥시토신의 분비를 촉진하기 때문이다. 남성의 호르몬인 테스토스테론은 옥시토신의 분비를 오히려 저해한다. 하지만 사랑에 빠진 남자들의 옥시토신 수치는 여자들만큼 높을 것이다.

　심리학자 스티븐 라이스는 90년대에 인간 행동의 모티브를 연구하고 인간 삶을 끌고 나가는 욕구를 열여섯 개로 요약했다. 힘의 욕구, 독립성의 욕구, 호기심의 욕구, 인정받고 싶은 욕구, 질서정연하고 싶은 욕구, 절약에의 욕구, 명성에 대한 욕구, 도덕에 대한 욕구, 인간관계를 맺고자 하는 욕구, 가족을 이루고자 하는 욕구, 지위에 대한 욕구, 복수에 대한 욕구, 낭만에 대한 욕구, 음식에 대한 욕구, 신체활동을 하고자 하는 욕구, 휴식에 대한 욕구가 그것이다. 이런 욕구의 많은 부분은 파트너 관계에서 채워진다. 낭만에의 욕구나 아이를 낳고 가족생활을 영위하고자 하는 욕구나 인정받고자 하는 욕구는 싱글로 사는 사람보다 파트너 관계를 맺고 있는 사람에게 더 충족히 채워진다. 식욕 또한 공동의 식사를 통해 더 만족스럽게 채워진다. 안정적인 파트너 관계는 안정감과 신뢰감을 주고 인생의 폭풍과 궂은 날씨로부터 든든한 피난처를 제공한다. 하지만 그럼에도 불구하고 안정적인 파트너 관계를 유지하는 것은 그리 쉽지 않아 보인다.

정절에 대한 입장을 한번 살펴보자. 여자들의 80퍼센트와 남자의 70퍼센트가 배우자에 대한 정절을 지켜야 하는 것으로 응답했다. 그러나 통계에 따르면 실생활에서는 남자 둘 중 하나와 여자 셋 중 하나가 정절을 지키지 못한다. 이 수는 더 많을지도 모른다. 정절을 지키지 못한 것을 다른 사람 앞에서 시인하지 않는 사람들도 많으니 말이다. 정절을 지키는 것은 힘든 일인 듯하다. 많은 사람들이 자신이 내세운 원칙에 반대되는 선택을 하고 있다. 신성한 사랑, 거룩한 원칙…… 다 좋다. 그러나 어떤 경우 우리는 유혹에 빠진다. 무엇보다 상대방과 화음이 맞지 않을 때.

행동연구가들은 파트너 선택의 비밀을 파헤치고 있다. 오랫동안 사랑에 대해 연구해온 비인 대학의 칼 그람머 박사는 이렇게 말한다. "사랑이 첫눈에 시작된다고 생각하는 것은 오산이다. 사랑은 훨씬 이전부터 시작된다." 행동연구에 따르면 사랑은 네 가지 요인에 좌우된다. 거기서 가장 커다란 역할을 하는 것은 진화적인 유산이다. 다른 행동연구가들처럼 그람머 박사 역시 21세기의 인간들도 수렵과 채집을 하던 먼 옛날의 선조들과 별 다르지 않다고 생각한다. 파트너 선택에서 인간이 가장 우선시하는 요소는 후손이라는 것이다. 안정된 환경에서 후손을 기르기 위해 여자들은 무의식적으로 대부분 자기보다 사회적 지위가 높은 남자들을 찾는다. 그리고 남자들은 길고 윤기 나는 머리카락을 가졌다든지 등등 번식력과 건강을 약속하는 외모를 소유한 여자들을 선호한다. 이것은 태곳적 사랑의 기본 조건이었고, 오늘날 우리 역시 무의식적으로 이런 태곳적 도식에 따라 행동한다.

파트너 선택에 영향을 끼치는 두번째 요인은 두 사람의 유사성이다. 남자는 바흐를 좋아하는데 여자는 마릴린 맨슨을 좋아한다고? 얼마간은 서로가 신선하고 매력적으로 느껴질 수 있다. 그러나 시간이 흐르면서 서로 상대방의 취향이 신경에 거슬리게 된다. 성공적인 커플은 대부분 많은 유사점을 지니고 있는 사람들이다. 가정환경이 비슷하고 유년의 기억들이 비슷하며 지능과 교육 수준이 비슷한 사람들. 종종은 신체적으로도 비슷한 매력 요소들을 가지고 있기도 하다. 비슷한 파트너와 함께할 때 우리는 훨씬 더 안정감을 느낀다. 파트너가 자신과 너무 다르면 우리는 고통스럽다.

파트너 선택의 세번째 요인은 생물학적인 원인으로 냄새가 파트너 선택에 중요한 역할을 한다는 것이다. 우리는 무의식중에 냄새에 민감하다. 애프터 쉐이브 크림의 냄새가 아니라 신체 특유의 향기, 즉 페로몬에 말이다. 최근의 연구에 의하면 사람들은 자기에게 좋게 여겨지는 냄새가 나는 사람을 좋아한다. 그 냄새가 자신과 비슷한 면역체계를 가지고 있음을 신호하기 때문이다.

그리하여 여자들은 냄새 좋은 남자들에게 날아가고 그것은 또한 후손에게 안전하게 작용한다.

이런 요인들 외에 파트너 선택에 영향을 미치는 또 하나의 요인은 스스로 통제할 수 있는 것으로 자기평가가 있다. 즉, 우리는 자신이 파트너에게 무엇을 제공할 수 있는지를, 파트너에게 무엇을 요구할 수 있는지를 평가해야 한다. 여기서 너무 과소평가를 하거나 욕심을 내면 선택에 문제가 생긴다.

파트너 선택조건이 그리 까다롭지 않은 사람은 파트너를 비교적 쉽게 찾을 수 있다. 그러나 자신은 아무것도 내놓을 것이 없으면서 모든 것을 다 갖춘 파트너를 원하는 사람에겐 기회가 없다. 소위 눈 높은 사람들 말이다. 그람머 박사는 파트너 선택에 시장경제 법칙이 중요하게 작용한다고 본다. 무엇을 얻는가는 자신이 무엇을 줄 수 있는가에 달려 있다. 그러므로 올바른 파트너를 찾는 것은 생각하는 것보다 운명이나 우연에 그리 많이 좌우되지 않는다. 파트너 선택은 우리의 자아상과 밀접한 관계가 있으며, 외적인 조건들은 내면에서 느끼는 것과 가능하면 맞아떨어져야 한다. 파트너가 우리와 비슷할수록 그와 함께 오래도록, 심지어 일생 동안 함께 살 확률은 높아진다.

당신은 실제로 어떠한가?

관계가 얼마나 장기적으로 가는가 하는 것은 사회적으로, 학문적으로 주된 관심의 대상이다. 오래도록 함께하는 부부와 그들로부터 배출된 건강한 아이들이 사회의 토대를 이루기 때문이다. 현재 독일의 이혼율은 38퍼센트(2003년도 한국의 이혼율은 9.3퍼센트)에 육박한다. 이런 현상은 사회적인 우려를 낳고 있으며 행복한 결혼생활에 대한 꿈을 산산조각 내고 있다. 외도·성격 차이·경제 문제, 무엇보다 요즘은 서로의 인생관이 다른 것이 부부가 갈라서게 만드는 요인들이다. 두 사람이 서로 비난하고, 불평하고, 혐오스러워하기 시작하면 그 증상은 쉽사리 수그러들지 않는다.

호모 사피엔스는 사랑의 문제에서도 머리를 사용한다. 그리하여 관계에서 이익보다 손해를 볼 것 같으면 헤어짐을 불사한다. 오늘날 이런 현상은 예전보다 더 빠르게 나타나고 있다. 처음 몇 년간 탐색기를 가진 후 신중하게 결혼한 커플의 경우는 부부관계를 오래 지속할 확률이 높다. 처음 사귈 때는 서로 진짜로 맞는지를 판단할 겨를 없이 쾌락과 섹스에 휘둘리기 쉽기 때문이다. 이런 정열이 수그러들 때 파트너가 갖고 있는 내적인 특성들은 더 중요해지고 그것이 맞지 않으면 관계는 힘들어진다.

독일의 시사주간지《포쿠스focus》는 어떤 결혼이 얼마나 오래 가는가를 표제기사로 다룬 적이 있다. 이 기사에서 오래 가는 커플과 금방 헤어지는 커플의 특성을 나열해놓았는데 꽤 흥미롭다. 그것들은 다음 요인들과 상관 있는 것으로 나타났다.

✽ 결혼생활을 안정시키는 요인들

···▶ 부부가 교회나 성당에서 결혼식을 올렸다.

···▶ 부부의 학력이 동등하다.

···▶ 공동의 친구들이 있다.

···▶ 공동의 집이 있다.

···▶ 자녀가 있다.

···▶ 결혼할 때 아내가 임신 중이었다.

···▶ 아내나 남편 중 최소한 한 사람이 가톨릭 신자다.

···▶ 결혼하기 전에 3년 이상 동거했다.

···▶ 남편이 풀타임 직장에 다닌다.

···▶ 어느 정도 나이가 차서 결혼했다.

✽ 결혼생활을 불안하게 하는 요인들

···▶ 배우자 중 한 사람이 외도를 한 적이 있고 이 사실을 상대방이 알고 있다.

···▶ 배우자 둘 모두 부모의 이혼을 경험했다.

···▶ 배우자 중 최소한 한 사람이 결혼 당시 21세 미만이었다.

···▶ 배우자 중 한 사람이 예전 결혼에서 낳은 자녀와 함께 산다.

⋯▸ 배우자 중 한 사람이 부모의 이혼을 경험했다.

⋯▸ 계약결혼을 했다.

⋯▸ 대도시에 거주한다.

⋯▸ 여자가 남자보다 학력이 높다.

⋯▸ 배우자 중 최소한 한 사람이 두번째 결혼이다.

⋯▸ 여자가 풀타임 직장을 가지고 있다.

⋯▸ 부모님의 결혼생활이 원만하지 않았다.

⋯▸ 심리적으로 불안정하다.

⋯▸ 인생관과 목표가 많이 다르다.

⋯▸ 여가시간에 서로 함께할 일이 없어서 스트레스를 받는다.

⋯▸ 일상에서 받는 스트레스를 해소할 능력이 없다

⋯▸ 의사소통 스타일이 부정적이다.

부부관계를 오래도록 지속하기 위해서는 관계의 해체를 막는 빗장이 있는가의 여부도 중요하다. 자녀나 공동 소유의 집, 결혼에 대한 어떤 도덕관념 같은 것이 있는 경우 가정을 지키는 빗장이 든든하다고 할 수 있다. 그러나 아내가 경제적으로 완전히 독립되어 있거나 가정 분위기상 이혼하는 데 전혀 압박이 없는 경우는 가정을 지켜주는 빗장이 부실하다고 할 수 있다. 싱글로서의 삶이 매력적으로 생각된다거나, 이미 다른 파트너가 준비되어 있다거나 하는 경우는 결혼을 깨뜨릴 강력한 대안이 존재하는 경우다. 그에 반해 새로운 파트너를 찾는 것이 어렵다는 판단이 들거나 싱글로서 사는 것이 끔찍하게 생각된다면 그럭저럭 지낼 수 있다.

빗장이 얼마나 튼튼한가, 대안이 존재하는가 등의 조건으로부터 결혼생활에 만족하는가 아닌가가 결정된다. 가정을 보호해주는 빗장이 든든하고 다른 가능성이 별로 없을 때, 부부 사이에 의사소통이 잘 되고, 친밀하고, 서로를 뒷받침해주며, 서로에게 충실하고, 서로 존경하고, 성적으로 만족하며 갈등에 유연하게 다가갈 때 결혼관계는 오래간다. 이혼한 커플들을 보면 결혼생활에 만족감이 없고 빗장이 부실했던 반면, 다른 대안이 존재했던 경우가 많다. 또한 두 배우자를 따로따로 존재하는 개인이 아닌 하나의 단위로 볼 때 관계의 안정을 이룰 수 있다.

당신에겐 관계를 안정시켜주는 요인들이 얼마나 많은지 점검해보라. 관계를 깨지게 할 수 있는 위험 요인들은 어떤 것이 있는가? 빗장은 든든한가? 아니면 대안이 너무 많은가? 상대방은 어떠한가? 상대방 또한 관계에 대해 당신과 비슷한 시각인가? 둘 사이에 믿음이 있는가, 아니면 사랑이 유지될 수 있을지 불안한가?

첫번째 관계가 깨졌을 경우 사람들은 지속적인 행복한 관계에 대해 부정적인 태도를 가질 확률이 많지만, 다시 실패하지 않도록 새로운 관계에 더 신중히 임하고 파트너를 위해 노력하게 되는 수도 있다.

당신의 파트너는 끝까지 함께하고 싶은, 할 수 있는, 해야 하는 사람인가?

안정된 파트너 관계에 중요한 것은 관계에 균형이 이루어져 있는가 하는 것이다. 부부 심리치료사 한스 젤루세크는 부부 사이의 평등, 즉 균형을 안정된 부부관계의 주춧돌로 보며 안정된 관계의 전제로 다음 네 가지를 꼽는다.

① 자율과 구속 사이에 균형이 있어야 한다. 당신 부부는 어떤가? 상대방과 함께 닻을 내리고 있는 동시에 나비처럼 가볍게 날아다닐 권리가 있다고 느껴지는가?

② 주고받음에 균형이 이루어져야 한다. 이것은 비단 돈 문제만을 의미하는 것이 아니다. 친구들을 초대하는 것, 집안일을 하는 것, 가정 대소사를 책임지는 것에 균형이 이루어져야 한다. 누가 여행 계획을 세우고 준비하는가? 집안은 누가 꾸미는가? 누가 아이들의 싸움을 조정하는가? 주고받음은 중요한 모티브다. 한 사람이 자기만 너무 많이 준다고, 자기가 손해를 본다고 느끼면 균형은 깨어지며, 이런 상태가 계속되면 사랑도 깨진다.

③ 권력에 균형을 이루어야 한다. 권력에의 욕구는 이미 언급했듯이 16가지의 삶의 모티브 중 하나다. 누구나 권력을 가지고 싶어하며 행사하고 싶어한다. 권력은 금전이나 매력의 형태로 표

현되기도 하고, 아이를 양육하는 데 누구의 목소리가 큰가 하는 것으로 표현되기도 한다. 중요한 것은 상대방을 자신의 권력에 참여하도록 하고 일방적으로 권력을 휘두르지 않는 것이다. 가령 남자가 여자보다 돈을 더 많이 버는 경우, 여자로 하여금 그 사실을 그다지 민감하게 느끼지 않도록 해주어야 여자는 남자가 행사하는 돈이라는 권력으로 인해 상처받지 않을 것이다.

④ 해결되지 않은 상처가 없어야 한다. 상처는 거의 모든 관계에 존재한다. 문제는 그것을 어떻게 다루는가 하는 것이다. 그것을 표현하고 치유할 것인가, 아니면 그냥 묻어둘 것인가? 가령 배우자 한 사람의 외도가 한쪽에서는 그다지 중요하지 않은 것으로 치부되는데 한쪽에서는 아직 해결되지 않은 불씨로 남아 있다면 이 상처는 해결되지 않은 것이고 시한폭탄처럼 작용할 것이다.

7. 남편 말고 애인도 있었으면…

픽션

직장에서 알게 된 그는 처음부터 감정을 숨기려고 애쓰지 않았다. 내가 처음 그를 쳐다보았을 때 그의 빛나는 눈은 나를 막 삼킬 듯했다. 첫 순간부터 예사롭지 않았다. 나는 그의 눈길이 심상치 않다고 느꼈고, 이어 그는 나를 그냥 내버려두지 않았다. 계속 내게 장난을 걸었고, 전화해서 만나자고 했다. 우리는 바에서 이야기를 나누었다. 그는 나를 보고 싶어 견딜 수가 없다고 말했다. 그리고 사랑을 나누고 싶다고 속삭였다. 난감했다. 그러나 유혹은 나의 정조관념보다 강했다. 그 역시 나의 상태를 정확히 간파했다. 그는 내 가면 속에 숨은 한 여자를 보았다. 처음에는 그와 가까워지는 것이 두려웠다. 하지만 유혹은 강렬했다. 내겐 이미 남편이 있었다. 부드럽고 지성미가 넘치는 정말 좋은 남자였다. 남편은 나를 아주 사랑했다. 남편과 함께하면서 부족한 것은 단 하나 성적인 만족감이 없다는 것이었다. 새로운 성적 호기심이 느껴졌다. 나는 솔직히 남자 경험이 별로 없었고 보수적이었다. 그러나 늘 꽉 막힌 도덕군자처럼 사는 것에 신물이 느껴졌다. 한 번쯤 유혹에 빠지지 못할 이유가 뭐란 말인가? 남편도 나 몰래 가끔 이런 충동을 느낄지 누가 알겠는가?

그래서 우리는 만났다. 새로운 남자와 나. 어느 순간 나는 그를 더 이상 보낼 수가 없었다. 그는 나의 환심을 사기 위해 온갖 노력을 아끼지 않았고 말과 시선으로 한순간도 나를 가만히 내버려두지 않았다. 양심의 가책 때문에 내가 그와 잠자리를 함께하기까지는 약간의 시간이 걸렸다. 그러나 시간이 걸렸달 뿐 관계는 예정된 수순이었다. 우리의 첫경험은 나를 놀라게 했다. 나는 지금까지 몰랐던 세계를 경험했고 이 남자를 위해 다리를 벌리고 가슴을 열어젖혔다. 그의 부드러운 애무는 나를 온전히 빨아들였다. 그는 쾌락으로 몸을 떨었고, "다시 한 번 너랑 자고 싶어"라는 말은 내 입에서 먼저 나왔다. 난 처음부터 이미 사랑하는 사람이 있다고 밝혔다. 그리고 남편에게 상처를 주고 싶지 않다는 말도 했다. 그 역시 처음부터 자신에게 아내가 있으며 아내와의 무난한 가정생활을 포기하고 싶지는 않지만 나와의 연애를 원한다고 했다. 그는 주말여행을 함께 가기를 원했다. 그러나 나는 그럴 용기가 없었다. 그러자 그는 한동안 연락 없이 일에만 몰두하더니 금요일 오후에 전화를 걸어왔다. 그리고 "너와 함께 자는 것은 나를 거의 미치게 만든다"고 했다.

나는 그동안 이런 정사를 경험하는 것은 다른 여자들의 일이라고만 여겨왔다. 그러나 그렇지 않았다. 우리는 서로 안에 진정으로 원하는 욕구가 있음을 발견했다. 그가 나를 자극했기 때문에, 그리고 내가 그의 속에서 그를 한없이 연하게 하고 부드럽게 만드는 어떤 스위치를 눌렀기 때문에 그는 내 앞에서 허물어져 내릴 수 있었고, 나는 그 앞에서 그럴 수 있었다. 우리의 관계는 위험한 관계다. 연애 이상은 원하지 않으니까. 내 삶에서 이런 일은 처음이다. 하지만 갈 수 있는 데까지 가보는 거지 뭐.

현실

시대가 바뀌었다. 요즈음 애인을 갖는 것은 여자들이다. 그렇다고 여자들이 애인을 애써 찾는 것은 아니다. 그들은 우연히 애인을 발견한다. 내가 위에 익명으로 든 예에서처럼 말이다. 남자들만 정부를 두는 시대는 지나갔다. 계몽된 여자들, 고학력에 경제적으로 자립되어 있는 여자들은 오늘날 쾌감을 다르게 처리한다. 우연한 기회가 다가왔을 때 곧장 터부시하지 않는다. 여자들은 점점 자신의 충동 쪽에 서고 자신에게 필요한 것을 취하고 있다. 남편 또는 지속적인 파트너 관계에 있는 남자 외의 두번째 남자와의 안전거리는 놀랄 만큼 좁아졌다. 여자들은 현재 이것이 나쁜 일인지, 금지된 일인지, 아니면 그저 매혹적인 일인지를 논하고 있다. "순간을 살아라. 변화무쌍하고 위험한 인생을 살아라. 어떤 기회도 놓치지 말라."

첫사랑의 부드러운 환상이 일상의 단조로움에 의해 무참히 사그라지고, 우리가 남편 옆에 있는 연인이라기보다는 가구 같이 느껴질 때, 남편이 우리에게 무관심할 때, 남편이 바람을 피워 우리의 가슴을 무참히 짓밟을 때, 그리하여 정말로 이 세상에 정절을 지키는 남자가 있을지 의심스러울 때 우리는 이런 메시지를 받아들이게 된다.

애인을 원하는 또 다른 이유들은 우리가 그런 일을 너무나도 거부해왔다는 것이다. 어느 순간 도덕군자 같은 자신의 모습에 신물이 날 때, 요조숙녀 같은 상태가 지긋지긋해질 때, 남편이 우리의 에로틱한 욕구를 충족시켜주지 못할 때 애인은 우리에게 들어올 틈을 얻는다. 언젠가 한 친구는 "그가 내 안의 벨을 울렸다"
고 말했다. 지루한 일상을 벗어나 새로운 기분과 감정과 생각들
을 우리 안에 잉태시키고 싶은 마음이 애인을 원하게 할 수도 있
다. 물론 제어되지 않는 성욕이나 순전한 절망도 한몫한다.

그리고 이유가 있는 곳에는 언제나 기회가 있다. 성 문제 전
문가들은 여자들이 매우 대담해졌다고 말한다. 여자들은 주도권
을 쥐고 있고, 요구가 많아졌다. 남자만 색을 밝히라는 법 있는가?
남자들이 성적 무질서를 자랑할 때 어찌하여 여자들은 죄책감에
괴로워해야 하는가? 여자들은 성을 즐기면 안 되는 이유라도 있
는가?

당신은 실제로 어떠한가?

남자를 위해 손가락 하나 까닥할 필요가 없는 연애를 시작하는
것은 매우 실용적인 일이다. 와이셔츠를 빨아주고, 단추를 달아
주고, 음식을 만들어주고, 그런 일은 절대 하지 않는다. 애인은 그
저 사랑을 위해서만 존재할 뿐 요리를 만들어주기 위해 존재하지
는 않는다. 애인은 우리와 에로틱한 순간의 독점권을 누릴 수 있
을 뿐이다. 잔디 깎기를 위해서는 우리에겐 다른 남자가 있다. 애
인은 그저 하얗게 표백된 호텔 침대보 속에서만 존재한다. 현실,
즉 감각적으로 텅 빈 일상적인 결혼생활에서 멀리 떨어진 곳에
말이다. 우리는 애인과 누가 영화표를 사야 할 것인지 옥신각신

할 필요가 없으며, 신경을 거스르는 이야기를 나눌 필요가 없다. 영화나 연극을 보러갈 필요도 없고, 함께 식사할 필요도 없다. 애인은 단지 애무와 쾌락적인 신체 접촉만을 위해 존재할 뿐이다. 이렇게 일상에서 떨어져 있다는 사실이 애인을 쾌락과 연결시켜 주는 것이다.

그러나 애인을 다루는 것은 그리 쉽지 않다. 애인은 쾌락으로 이끌 뿐 아니라 엄청난 거짓말을 하게 만들 소지가 있으니 말이다. 에로틱 오아시스가 가능하기 위해서는 핑계와 거짓말로 뭉쳐진 커다란 소포가 탄생되어야 한다. "파울라 이모 댁에 갔다 올게"라는 핑계가 늘 통하는 것은 아니다. 회식? 음……. 의심스러운 눈초리를 어떻게 견딜 것인가? 할 수 있다고? 그러다가 정부가 갑자기 태도를 바꾸면 어떻게 할 것인가? 테러를 일으키며 지금 이상의 관계를 원한다면? 이 일을 발설하겠다고 위협한다면? 그러다가 두 마리의 토끼를 다 놓친 상태가 되면 어떻게 할 것인가? 애인은 위험을 잔뜩 안은 지뢰와 같은 존재다. 그는 우리를 알지 못하는 곳으로 데려갈 우려가 있다. 우리 자신 역시 이런 관계로부터 견딜 수 있는 것 이상의 것을 원하게 될지도 모른다. 이런 관계가 기존의 관계에 유익으로 작용하는 경우는 극히 드물다. 그러나 아마 이 일을 성공시키는 여자들도 있을 것이다.

몇 년 동안 한 남자와 사귀어온 카린은 4주 전부터 따로 애인을 두고 있다. 그러나 그 때문에 기존의 남자친구와 헤어지고 싶은 마음은 없다.

나는 원래 이런 관계를 원치 않았어요. 나는 여전히 남자친구를 사랑해요. 그러나 난처한 일은 내가 위대하고 단 하나뿐인 사랑이 존재한다는 믿음을 잃은 상태라는 것이에요. 나는 스스로 상처받을까봐 두려워요. 그리고 이런 두려움은 모종의 성적 호기심과 짝을 이루어 나로 하여금 다른 남자에 대한 호기심을 불러일으켰어요. 그는 남자친구와는 완전히 다른 타입이에요. 박력이 넘친다고 할까. 그것은 내게 무척 매력적으로 다가왔어요. 그러나 그와의 미래는 상상할 수 없어요. 왜냐하면 내가 그의 유일한 연애 상대라는 것을 확신하지 못하기 때문이죠. 남자친구에게서는 내가 그의 독점적이고 소중한 존재라는 느낌을 받아요. 나는 그런 느낌이 좋고 결코 잃고 싶지 않아요.

그럼에도 불구하고 나는 다른 남자와 사고를 쳤어요. 나는 이렇게 정부를 두는 것이 어떤 것이며, 얼마나 모순적인 짓인지를 잘 알고 있어요. 이 짓을 계속해 나가기 위해 얼마나 머리를 굴려야 하는지도 잘 알고 있고요. 내 자신 속의 모순을 처리해야 하지만 돌아버릴 것 같아서 생각 안 해요. 현재까지는 상황을 그럭저럭 끌어나가고 있어요. 아직은 횟수가 드물어 남자친구에게 그리 많은 거짓말을 해야 할 필요가 없거든요. 그러나 상황은 곧 변할 테지요. 아마도 나는 침착을 잃을 것이고 어느 순

간 상황에 끌려 다니게 될지도 모르지요. 하지만 이런 위험을
무릅쓰고 나는 삶에서 얻을 수 있는 모든 것을 취하려 해요. 잘
못되면 모두 내 욕심의 대가겠죠.

당신은 지금 애인을 소망하고 있을지도 모른다. 그것은 별로
특별한 일이 아니다. 기혼여성의 50퍼센트 정도가 외도를 경험하
는 것으로 나타났다. 그러나 애인을 찾아다니는 것은 별로 의미
없는 일이다. 이런 일은 오히려 '발견당함'을 통해 이루어진다.
남자의 뒤꽁무니를 졸졸 쫓아다니는 여자를 대부분의 남자들은
매력 없어 한다. 그에 반해 태연하게 머물러서 자신의 욕구를 내
보이지 않는 여자가 자극적이다. 발견당하라! 그러나 그에 앞서
당신이 이런 은밀한 일을 잘 감당할 수 있을 것인지, 아니면 이야
기하고 싶어서 입이 간질간질할 것인지 잘 생각하라. 비밀을 지
킬 수 없는 사람에겐 이런 은밀한 연애가 부적당하다. 물론 베레
나처럼 애초부터 카드를 내보일 수도 있지만 말이다. 베레나의
말이다.

처음에 나는 감히 이야기하지 못했어요. 그러다가 너무나 양심
의 가책이 느껴져서 남자친구에게 나의 외도에 대해 말하기로
결심했지요. 참으로 힘든 일이었어요. 나의 나쁜 면을 보여주는
일이었으니까요. 게다가 평소 난 약간 보수적이고 다른 사람들

을 판단하기 좋아하는 여자였거든요. 하지만 운이 좋았어요. 남자친구는 매우 충격을 받았지만 내게 시간을 주었죠. 내가 그를 떠나고 싶어하지 않는다는 것을 알기 때문에요. 그리고 지금은 내가 다른 남자에 가 있는 순간들을 혼자서 잘 견뎌주고 있어요. 나는 이 모든 것이 미친 짓이라는 것을 알고 있어요. 내 남자친구가 나처럼 정부를 둔다면 내 기분이 어떨지 상상도 하기 싫어요. 하지만 지금은 이렇게 사는 것 외에 다른 선택은 없다는 느낌이에요. 두 남자와 함께하고 있음에도 불구하고 때로 나는 완전히 고립되어 있는 듯한 기분이 들어요.

애인은 어떤 자격을 갖추어야 하나?

✽ 애인이 갖추어야 할 열 가지

① 당신을 행복하게 해주기 위해 최선을 다해야 한다.
② 당신을 만족시켜야 한다.
③ 언제든지 당신에게 다정하게 대해주어야 한다.
④ 입이 무거워야 한다.
⑤ 규칙적으로 전화를 해야 한다.
⑥ 당신을 결코 위험한 상황으로 내몰지 말아야 한다.
⑦ 당신의 스케줄을 존중해야 한다.
⑧ 혹 당신에 대한 타오르는 연정을 품게 되더라도

그 마음을 혼자서 삭여야 한다.

⑨ 당신이 할 수 없거나 하고 싶지 않은 것들을 기대해서는 안 된다.

⑩ 당신에게 자신의 감정에 대해 이야기해야 한다.

✳ 애인이 결코 해서는 안 될 열 가지

① 시키지도 않았는데 집에 전화해서 당신으로 하여금 거짓말을 하도록 만드는 행위.

② 직장으로 뻔질나게 전화하는 바람에 직장 사람들이 그가 누군지 곧장 알아차리도록 만드는 행위.

③ 공동의 동료나 지인에게 당신 이야기를 하는 행위.

④ 당신이 별로 중요하지 않은 듯이 행동하는 행위.

⑤ 당신이 원하는 즐거움을 못 주면서 도리어 자질구레한 서비스를 요청하는 행위. 말도 안 돼!

⑥ 당신을 놓고 질투의 드라마를 연출하는 행위.

⑦ 당신과 함께하는 공동의 미래를 설계하는 행위.

⑧ 당신을 선택의 기로에 세우는 행위. 애인이냐 남편이냐 하면서…….

⑨ 애무 자국을 남기는 행위.

⑩ 시간이 없다고 하면 화를 내는 행위.

✱ 여자가 매력을 느끼는 남자의 신체 Top 10

① 눈 23%

② 미소 19%

③ 탄력 있는 엉덩이 17%

④ 단련된 상체 15%

⑤ 손 11%

⑥ 입술 7%

⑦ 무성한 털 3%

⑧ 넓은 어깨 2%

⑨ 튼튼한 팔 2%

⑩ 각진 턱 1%

《마리 클레르》 2002년 11월호)

8. 당근, 사랑이 빠질 수 없지!

픽션

파울과 마리자는 학창시절부터 알고 지냈다. 학창시절 파울은 학생회장이었고 소도시에서 보기 드물게 똑 소리 나는 소년이었다. 마리자는 수줍음 많은 여학생이었다. 학창 시절 마리자는 멀리서 파울을 주시하면서 그의 공주가 되길 바랐다. 그러나 꿈은 이루어지지 않았다. 다른 아이들이 언제나 한 걸음 앞섰고 더 적극적이었다. 마리자는 한시도 파울을 잊지 않았다. 스물다섯에 결혼하여 2년 터울로 사랑스러운 두 아이를 낳은 후에도 말이다. 남편 율리우스는 변호사였고 돈을 잘 벌었고 교양 있는 사람이었다. 율리우스와 더불어 마리자는 무난한 결혼생활을 했다. 어떤 신선한 충격 같은 것은 별로 없을 것 같은 일상이었다. 쇼핑하고 아이들을 돌보고 이따금 외식을 하는 일상이 이어졌다.

그러나 의학도로 빛나는 졸업을 한 후 이제 집에서 천천히 그러나 확실하게 사그라져가는 인생이 마리자의 성에 차지 않았다. 율리우스는 아내의 마음에 자라고 있는 그런 불씨를 눈치채지 못했다. 그는 사무실 일로 바쁜 나머지 마리자에게 신경 쓸 틈이 없었고 마리자는 점점 더 백일몽에 매달렸다. 그녀는 종종 옛날 일을 회상했고 생동감 넘치던 멋진 순간들을 떠올렸다. 그리고 다시 한번 아름다운 감정을 경험하고 싶은 욕망을 품었다.

마리자의 백일몽은 늘 파울 주변을 맴돌았다. 그녀는 다시금 파울을 눈앞에 그렸다. 학창시절 파울이 긴 곱슬머리로 강당에 서서 멋진 연설을 하던 모습을. 파울에겐 생기가 용솟음쳤었다. 파울이 말하기 시작하면 심지어 교장선생님까지 침묵했고 모두 그를 뚫어져라 쳐다보았는데, 파울은 지금 어떻게 지낼까?

파울은 우수한 성적으로 학업을 마친 후 런던으로 유학을 떠났고 그곳에서 영국 여자를 사귀었다. 그리고 몇 년 후 그녀를 데

리고 독일로 돌아와 아이들을 낳고 작은 집을 샀으며, 경제 전문
가로서 재정적으로는 남부럽지 않은 삶을 살았다.

하지만 파울에겐 걱정거리들이 많았다. 아내가 독일에 적응
을 잘 못해 영국으로 돌아가고 싶어했고 막내아들은 혈우병을 앓
아서 남다른 보살핌이 필요했다. 그리하여 젊어서 활기 넘치고
정열적이던 파울은 불행한 결혼생활을 하고 있었다. 그 역시 가
끔 잘 나가던 학창시절을 회상했고 마리자를 떠올렸다. 사실 마
리자는 파울이 관심 있었으나 접근할 수 없었던 유일한 여학생이
었다. 마리자에게 다가가지 못했던 것은 그의 인생의 가장 후회
스러운 일로 남아 있었다.

그런데 정말 우연한 일이 일어났다. 마리자는 비엔나에 사는
대학 친구네 집에 놀러갔다. 어디론가 떠나 삶이란 걸 다시금 느
끼고 싶어서였다. 율리우스는 집에 머물러 아이들을 돌보았다.
비엔나에서 마리자는 친구와 함께 마음껏 시내를 돌아다녔다. 방
해받지 않고 미술관도 구경했다. 그날 저녁 레스토랑에서였다.
레스토랑은 빈 테이블이 거의 남아 있지 않았고 테이블마다 붉은
장미가 한 송이씩 놓여 있었다. 오페라 가수 출신인 주인이 부르
는 이태리 가곡들이 감미롭게 울려 퍼졌다. 이렇게 아늑한 레스
토랑에 앉아 있자니 마리자는 다시금 삶의 환희가 싹트는 것 같
은 기분이 들었다. 그런데 바로 그 순간 파울이 눈에 들어왔다. 파
울! 그는 어떤 여자와 함께 옆 테이블에 앉아 있었다. 마리자는 주

의 깊게 살펴보았다. 틀림없이 파울이었다. 파울도 마리자를 보았을까? 파울은 그때까지 마리자를 보지 못했다. 마리자는 화장실에 갔다가 파울의 테이블을 지나쳐 왔다. 그리고 몇 초 후 파울이 고개를 돌려 마리자 쪽을 쳐다보았다. 헷갈리는 듯한 표정이었다. 그리고는 벌떡 일어서더니 마리자 쪽을 응시했고 웃음을 터뜨리더니 서투르게 마리자 쪽으로 다가왔다.

마리자가 비엔나에 머무르는 동안 둘은 매일같이 만났다. 파울은 마리자를 만나기 위해 종종 한 시간씩 시간을 냈다. 결국 파울은 마리자에게 15년 전에 하고 싶었던 말들을 했고 마지막 날 마리자는 파울에게 키스했다. 마리자가 집으로 돌아온 1주일 후 파울의 편지가 왔다. 파울은 자신의 감정들을 고백하며 다른 어떤 사람이 아닌 마리자와 함께하기를 원한다고 했다. 그들은 다시 비엔나에서 만났고 사랑을 발견했다. 이 감정은 아주 격해서 다른 모든 것들은 변색될 지경이었다. 파울은 그날 아내에게 자초지종을 설명했고 집으로 돌아온 마리자는 남편에게 고백했다. 두 달 후 파울은 베를린에 일자리를 구했다. 마리자의 아이들은 파울을 받아들였고 파울은 마리자의 집으로 들어올 수 있었다. 1년 후 파울과 마리자는 결혼했다. 그후 마리자는 전신으로 인생을 만끽하고 있다. 신체의 모든 모공을 동원해서 말이다. 율리우스에게 미안한 마음이 드는 건 사실이다. 그러나 때로 사랑은 이렇듯 무례한 것이다.

현실

요즘처럼 사랑이 그토록 자유롭고 개인적인 시기는 없었다. 우리가 사랑하고 싶은 대로 사랑할 수 있다. 할머니 세대는 입을 다물지 못할 지경이다. 하고 싶은 사랑을 그려보고 실현하려고 노력하며 백마 탄 왕자님이 나타나지 않더라도 기죽지 않는 것이 21세기의 사랑법이다.

사랑은 오늘날 낭만과 (현실에 대한) 각성의 긴장되는, 때로는 폭발할 듯한 혼합이다. 낭만은 무엇보다 젊은이들이 추구하는 것이다. 젊은 남녀의 90퍼센트 이상이 위대한 사랑을 믿는다. 그러나 상대방을 신뢰하고 이해하려 노력하고 기꺼이 갈등을 감수하려는 마음이 있는 사람만 사랑의 기회를 얻는다.

서른 살이 넘었거나 전에 한 번 정도 실패를 맛본 사람들은 다음번 남자도 별 다르지 않을 것이라는 것을, 바라는 모든 것이 채워질 수는 없다는 것을, 둘이 함께한다고 꼭 행복한 것은 아니라는 것을 알고 있다. 그럼에도 불구하고 사랑에, 그리고 사랑하는 사람에게 투자하는 것은 가치 있는 일임에 틀림없다.

그러나 점점 사랑에 투자하는 것 또한 '나' 중심적인 일이 되어가고 있다. 쾌락이 우선시되는 시대에 자신을 잊고 다른 사람, 곧 사랑하는 사람을 위해 희생하는 것이 얼마나 어려운지! 할머니들의 헌신적인 사랑을 비웃었던 우리는 오늘날 때로는 이런 사랑에 대해 은밀한 경탄의 마음을 갖는다. 스스로를 잊고 상대방이 가장 중요해지는 순간들, 사랑이 우리로 하여금 눈멀게 만들고 상대방과 하나가 되게 만드는 순간들은 참으로 소중하다.

사랑을 하면서도 자꾸만 "내가 어떤 이득을 볼 수 있지?" 또는 "그는 정말 내가 필요한 것을 줄 수 있을까?"와 같은 영리한 문장들을 끌어올리는 우리 안의 비판적인 자아는 이 생각 저 생각 하지 않고 단순히 누군가와 하나가 되는 것을, 사랑에 도취되는 것을, 사랑 속에서 자신을 잃어버리는 것을 방해한다. 환상적이고 도취적인 사랑은 질풍노도기 낭만 문학의 모티브이며 많은 유행가와 오페라의 소재이다. 왜? 그것이 달콤하기 때문이다. 그리고 또한 비이성적이기 때문이다. 이런 사랑에 대한 동경은 인간의 가슴에 아로새겨져 있다. 사랑을 위해 미련한 짓을 하지 못할 이유가 무엇이란 말인가? 사랑으로 이성을 잃어버리면 안 될 이유가 무엇이란 말인가?

환상에서 깨어난 사랑보다 나쁜 것은 없다. 독일에서 부부의 약 40퍼센트가 결혼한 지 5~9년 사이에 헤어진다(한국에서는 2003년 기준, 결혼한 지 0~4년 사이에 24.6%가, 5~9년 사이에 23.1%가 이혼한 것으로 나타났다).이혼의 반 이상은 여자 쪽에서 제의해서 이루어진다. 물론 사랑이라는 물컵 속의 소용돌이에서 남자들도 면제될 수는 없지만.

당신은 실제로 어떠한가?

거의 모두 "다시는 사랑하지 않을 거야"라고 말하고 싶은 쓰디쓴 순간들을 경험한 적이 있을 것이다. 그러나 그 말이 무덤에 들어갈 때 읊는 조사라면 모를까, 살아 있는 한 우리는 계속해서 사랑을 동경하게 된다. 사랑이 우리 안에 아주 놀라운 감정들을, 감동적인 영화를 보며 울 때와 같은, 영웅에게 박수를 보낼 때와 같은 그런 감정들을 불러일으키기에 말이다. 사랑, 그것은 때로 굉장히 힘든 일이다. 그러나 그것은 우리의 본능이 행하는 일이다. 사랑을 할 이유는 아주 많다. 사랑을 하는 사람은 내면으로부터 빛을 발한다. 그러면 주목받고 인정받고 사랑받게 될 확률이 더욱 커진다.

✲ 당신이 사랑할 수 있는 능력 테스트

···▸ 사랑을 하다가 실망스런 일을 겪었다고 하자. 그럼에도 불구하고 계속 사랑을 믿겠는가?

···▸ 때때로 괴롭지만 상대방에게 마음을 열 용의가 있는가?

···▸ 새로운 사람을 사귈 용의가 있는가?

···▸ 가까이에 있는 사람이 어려움을 당할 때 자신을 희생하고 도와줄 마음이 있는가?

···▸ 잊고 용서할 수 있는가?

이 질문 중 최소한 세 가지에 '예' 라고 대답했다면 당신은 사랑할 능력이 있는 것이다.

✿ 당신이 사랑하지 못하도록 막는 족쇄는 무엇?

…▸ 미움?

…▸ 분노?

…▸ 공격심?

…▸ 처리되지 않은 감정?

…▸ 실망?

…▸ 질투?

…▸ 복수?

…▸ 아픔?

…▸ 굴욕감?

…▸ 의기소침?

이런 감정의 대부분은 실연이나 사랑으로 인해 실망스런 일을 겪은 끝에 찾아오는 것들이다. 그러나 그 감정들을 계속적으로 담아두지 말라. 이런 감정들을 서서히 정리하고 마음의 평정을 이루라. 시간이 해결해줄 것이다.

사랑하는 일은 천부적인 재능인가?

사랑을 하는 것은 종종 의지에 달린 문제이다. 사랑이라는 감정 앞에서, 서로를 책임지는 안정된 관계 앞에서 도망치는 남자들은 덩치만 커다란 아이들에 불과하며 장기적인 파트너로 부적합하다. 사랑할 줄 아는 남자인지 어떻게 분간할까?

✽ 사랑할 줄 아는 남자들의 특성

···▶ 신용 있고 믿음직스럽다. 약속을 잘 지키며 어려울 때 편을 들어준다.

···▶ 한 번 정도 장기간의 파트너 관계를 통해 책임감을 증명했다.

···▶ 자기관리에 뛰어나다. 옷차림을 아무렇게나 하지 않으며 독서를 많이 하고 교양을 쌓는다. 또한 사랑하는 이를 위해 헬스클럽에 다니며 뱃살을 빼는 것이 가치 있다고 생각한다.

···▶ 관심을 써준다. 여자의 감정·동요에 민감하며 여자가 언제 입을 열고 언제 팔짱을 낀 채 입을 다물고 있고 싶어하는지를 안다.

···▶ 꽃다발과 보석 이상의 것을 사준다. 관심을 갖고 일상에서 여자의 작은 소망을 채워주기 좋아한다.

···▶ 여자 앞에서 괜히 말을 아끼며 폼 잡지 않는다.

같은 눈높이의 관계를 원하고 여자를 연인이자 여자친구이자 동료로 본다.

물론 완벽한 남자는 없다. 여자를 감동시키기 위해 어릿광대가 될 필요도 없다. 그러나 지속적으로 여자에게 관심이 있음을 보여주는 사람이라야 한다. 그렇지 않으면 다른 남자를 찾아야 할 것이다.

9. 어쩌면 아이도 몇 명쯤

픽션

라라(3살)는 기다리던 아이였다. 라라를 낳고 6개월 간 산후 휴가를 보낸 후 엄마 마리는 직장에 복귀했는데 사장과 협의 하에 1주일에 이틀은 일찍 퇴근하고 대신 다른 날 좀더 연장근무를 하며, 일찍 퇴근하는 날에는 쉬는 시간 없이 일하기로 했다. 마리가 인사팀장으로서 중요한 업무를 담당하고 있었음에도 불구하고 사장은 마리의 제안을 수락했다. 심지어 일이 순조로우므로 1주일 중 하루는 재택근무를 해도 좋다는 허락까지 했고 홈 오피스 시설을 마련해주었다.

마리의 친정엄마는 마리가 미국으로 출장을 갈 때나 남편과 둘이서 호젓하게 주말을 보내고 싶을 때마다 아이들을 맡아준다. 마리는 많은 여자들이 꿈꾸는 일을 성공한 것이다. 둘째아이도 낳을 계획이다. 그럼에도 불구하고 사회경력을 쌓고 있으니 말이다. 남편도 힘을 다해 그녀를 외조해준다. 마리가 퇴근하여 라라를 친정엄마나 탁아모로부터 데려오는 동안 남편 예르크는 장을 보고 저녁 준비를 한다. 가사 노동의 분업에 성공한 것이다. 가사 도우미를 쓰고 있으므로 둘은 최소한의 집안일만 하면 되고, 시간이 허락할 때마다 아이와 더불어 전원적인 행복을 만끽한다.

현실

마리는 운이 좋다. 아이를 낳았음에도 불구하고 풀타임으로 직장 생활을 하는 여성은 극소수에 불과한데 마리는 이 그룹에 속해 있다. 헌신적인 친정엄마가 있으며, 자신을 이해해주는 관대하고 진보적인 사장을 만났으며, 외조에 뛰어난 현대판 남편을 두었다. 이런 상황이 정말 가능할까? 물론 가능하다. 일하면서 아이를 키우는 엄마들을 위한 여러 가지 조언서가 세간의 관심을 받고 있다. 하지만 일하면서 아이를 키우는 것은 가족 내부에서 어느 정도 뒷받침을 기대할 수 있고, 너무 완벽하거나 꼼꼼하지 않으며, 한동안 파티 같은 데 참석하지 못하는 건 아무래도 좋은 여자들이나 실현 가능하다. 그런 여자와 깨인 남편들은 부모가 되는 어려운 시험을 기꺼이 소화해낸다. 일하고 아이 키우느라 마리가 저녁이면 늘 피곤하여 입이 나오지만 그럼에도 마리의 정열을 높이 평가해주는 예르크는 아빠 자격을 갖춘 남자다.

많은 커플들이 아이를 꿈꾼다. 아이는 두 사람의 사랑의 결실이며, 아이와 함께 둘은 일약 셋으로 이루어진 어엿한 가정을 이루게 된다. 그렇다. 오랫동안 자신과 자신의 경력만을 위해 매진해온 사람들은 아이를 낳아 단란한 가정을 꾸리고 싶어한다. 가족은 언제나 돌아갈 수 있는 보금자리이며 가족이 있는 사람은 결코 외롭지 않다. 아이와 함께 부모는 인생의 신선하고 소소한 재미를 맛보며 어렸을 적에 했던 유치한 일들을 다시 한번 재현한다. 개구리와 잠자리를 잡고, 맨발로 개울을 건너고, 캠프파이어에서 고구마도 굽고…….

아이로 인해 우리 여자들은 더 이상 누군가의 딸이 아닌 누군가의 엄마 신분이 된다. 모든 것에 호기심이 있는 아이들은 우리로 하여금 마음을 열고 사물에 흥미를 갖도록 부추긴다.

그러나 아이는 이렇듯 축복만 가져다주는 존재는 아니다. 아이가 생기면 종종 어려움도 따른다. 아이로 인해 늘어난 가사일 속에서 많은 부부들은 어렵게 역할 분담을 해야 한다. 역할 분담은 종종 아빠는 밖에 나가 일해서 돈을 벌고, 엄마는 집에서 아이 키우고 살림을 하는 상황으로 귀결된다. 그러나 이런 생활이 언제나 만족을 주는 것은 아니다. 엄마가 일을 그만두게 되면서 수입은 더 적어지고, 아이로 인해 지출은 더 늘어나면서 부부는 금전적으로 이전보다 빠듯한 생활을 해야 한다. 출산 전에 68%의 여성이 완전한 월급을 받았다면 출산 후 완전한 월급을 받는 여자는 9%에 불과하다. 대신 들어가는 돈은 폭발적으로 증가하고, 그와 아울러 신경 써야 할 일들도 증가한다.

특히나 젊은 부부에게 아이를 키우며 생활하는 것은 도전이 아닐 수 없다. 아이 때문에 단출하게 둘이서 시간을 보내거나 여행할 기회가 없고 이것은 장기적으로 부부관계에 문제로 작용할 수 있다. 아이와 함께 갑자기 부부는 누구누구의 엄마, 그리고 아빠밖에 되지 않는 것이다. 친구들은 저녁 늦게 드라이브를 가거나 즐기는데 아이가 있는 부모가 원하는 것은 단 한 가지, 밤에 아이가 잘 자주어서 제발 중간에 깨지 않고 내리 자봤으면 하는 것이다.

최근의 연구 결과에 의하면 아이로 인해 부부 사이가 더 좋아졌다고 응답한 수는 여성의 12퍼센트, 남성의 21퍼센트에 불과했다. 하지만 그럼에도 불구하고 아이는 부부의 파경을 막는 중요한 보호수단이다. 무엇보다 둘이 힘겹게 아이를 키우는 부부로, 동지로, 가족으로 연대감을 느끼고 함께 아이를 키우는 친구나 이웃들과 자주 접촉함으로써 긍정적인 결과를 가져올 수 있다. 부모가 되는 것을 재미있는 모험으로 생각하고 조금 희생하고 힘들더라도 편안히 임할 수 있다면 아이로 인해 행복을 맛볼 수 있을 것이고, 아기가 제법 장기간 밤잠을 방해할지라도 쉽게 흔들리지 않을 것이다.

당신은 실제로 어떠한가?

아이를 낳을 것인가 말 것인가를 결정하는 것은 아주 개인적인 문제다. 아이를 낳는, 또는 낳지 않는 이유는 아주 다양하다. 어떤 여자들은 아이 없이 사는 것은 왠지 허전한 인생이 될 거라고 생각하고 아이를 낳기로 한다. 또 다른 여자들은 가족의 명맥을 잇기 위해 아이를 원한다. 아이를 낳지 않는 것에 표를 던지는 사람들에게도 합당한 이유들이 있다.

가령 주말부부처럼 서로 떨어져 지내야 하는 부부거나, 부부 간에 계속 마찰이 있는 경우는 아이를 낳기로 결정하기가 쉽지 않다. 또한 어떤 여자들은 자유를 포기하고 일평생 누군가를 책임져야 한다는 사실에 부담과 두려움을 느끼기도 한다. 이럴 경우 아이가 부부 사이를 더 좋게 해주기보다는 오히려 갈등을 더 첨예화하게 만든다는 것은 분명하다. 여태껏 자신만을 책임지고 살아온 사람들에게 부모가 된다는 것은 예외적인 상황이 아닐 수 없다. 무척 신경 쓰이고, 너그러움과 배려가 요구될 것이다. 아이를 낳기 전에 배우자와 문제가 있었던 사람은 아이를 낳고 키우는 힘든 과정에서 그런 문제들을 더 첨예하게 느끼게 될 것이다. 그 때문에 중요한 것은 지금의 파트너가 가족을 이루기에 적합한 사람인지 잘 생각하는 것이다. 두 사람의 미래에 대해 허심탄회하게 대화함으로써 둘의 소망이 일치하는지 비교해보라. 그리고 자신을 시험해보라. 이중 삼중 부담을 질 용의가 있는가? 아이를 낳고 싶은 이유, 또는 아이를 낳지 말아야 할 이유는 무엇인가?

모니카는 오랫동안 아이를 낳을까 말까 고민한 끝에 상담을 받았다. 모니카의 남편에겐 이전의 결혼으로 얻은 세 아이가 있는 상태였고 모니카는 일을 계속하기 원했다. 모니카의 이야기를 들어보자.

아이를 낳을 것이냐 말 것이냐 수없이 고민하다가 상담을 받았어요. 상담을 통해 내가 아이들을 아주 좋아하기는 하지만 굳이 내 아이를 낳을 필요는 없다는 것을 깨달았지요. 함께 살지는 않지만 남편의 아이들을 사랑해주고 잘해주는 것으로 충분하리라는 생각이 들어요.

도미니크도 아이 문제를 어떻게 할까 고민하고 있다. 그녀는 남자친구와 멀리 떨어져 있고 각자 직장에서 커리어를 쌓아가고 있다. 둘은 주말마다 만난다. 한번은 남자친구가 도미니크에게로 오고, 한번은 도미니크가 남자친구에게로 가고, 때로는 둘이 외국에 있는 친구를 방문하는 등 다른 곳으로 여행을 가는 형식이다.

우리의 삶은 정착되어 있지 않아요. 이동이 심하지요. 우리가 아이를 갖게 된다면 우리는 한 곳에 정착해야 할 거예요. 그러나 그건 지금으로서는 생각할 수 없는 일이에요. 그래서 우린 아무래도 아이를 포기해야 할 것 같아요. 아이를 낳으면 우리의 삶에 너무 심한 변화가 초래될 테니까요.

아이를 낳을 것인가 말 것인가를 결정하는 것은 쉬운 일이 아니다. 더구나 유감스럽게도 우리 주변에는 두 가지, 즉 육아와 일을 성공적으로 병행하는 사람들이 너무 적다.

아이도 갖고 싶고 일도 포기하고 싶지 않은 여자들이 가장 바라는 것은 파트타임으로 일하는 것이다. 그러나 이런 소망은 그리 쉽게 이룰 수 있는 게 아니다. 이상적인 파트타임 일자리는 그리 흔하지 않다. 하지만 많은 여자들은 일을 하면서도 '해피맘'이 되려고 온갖 노력을 하고 있다. 프리랜서로 일하는 것은 좋은 대안이 될 수 있다. 저널리스트나, 화가, 그래피커, 작가 등으로 일하며 일과 육아를 적절히 감당하는 것. 또한 교사, 공무원, 회사원도 방법이 없지는 않다.

내 개인적으로는 여자들이 아이와 커리어, 이 모두에 권리가 있다고 생각한다. 아이들 역시 자신이 좋아하는 일을 하는 엄마에게 자부심을 느낀다. 더구나 일은 부엌에 주저앉아 음식을 만드는 것에서 맛보지 못하는 성공적인 순간들을 맛보게 한다. 또한 일에서 인정을 받는 여자들은 가정의 대소사와 관련하여 받는 스트레스를 훨씬 쉽게 극복한다.

아이 키우며 일하기, 어떻게 실현할까?

여자들은 힘들다. 일도 중요하고, 아이도 중요하고, 남편도 중요하고, 친구들도 중요하고, 집도 중요하고 취미생활도 중요하다. 그래서인지 대학을 졸업한 여성의 40% 이상, 모든 여성의 1/3 정도가 아이를 원치 않고 있다. 가족과 함께하는 여성의 일상은 복잡하고 힘들기 짝이 없다. 일이 돈과 안정과 사람들을 제공하는데 반해 집에서는 불안하고 신경에 거슬리는 일들 투성이다. 물론 때로는 파라다이스 같을 때도 있지만.

그리하여 일과 엄마 역할을 만족스럽게 해내려면 여자들에게 특별한 능력이 요청된다. 가족을 위해 일에서 융통성을 발휘하고, 일을 위해 가족 가운데서 융통성을 발휘하는 것이 그것이다. 일과 가정이라는 두 극 사이에서 조직적으로 이리저리 뛰어다니고, 이 서로 다른 두 진영을 서로 조화시켜야 한다. 이를 위해 (무보수) 최고 경영자의 능력과 뛰어난 조직 능력이 필요하다. 이런 능력을 발휘하는 것은 힘들지만 성공할 경우 만족감은 높다.

여기서 중요한 것은 일을 가진 엄마가 자신의 시간을 적절하게 투입하면서 정신적으로 당당할 수 있어야 한다는 것이다. 엄마는 자신의 시간을 무조건적으로 필요한 곳에 투입할 능력이 있어야 한다. 가령 잠자리에서 아이들에게 동화를 읽어줄 때는 밀린 일을 태연하게 미루어놓을 능력이 있어야 하고, 저녁식사를 준비할 시간이 없으면 냉동식품으로 때우면서 양심의 가책을 느끼지 말아야 한다. 휴식할 때는 머릿속의 복잡한 생각들을 꺼버릴 능력이 있어야 한다. 왜 극장에 앉아서 일 걱정을 하는가? 30분간 여유로운 목욕도 즐기지 못하고 왜 청소를 하는가? 현재 하고 있는 일 외에 다른 신경을 끄는 능력은 힘의 원천이 되어준다.

일을 가진 엄마로서 양심의 가책을 느끼지 않고 당당하게 일에 임할 때, 그렇게 복잡한 삶을 도무지 영위할 능력이 없는 사람이 무슨 말을 해도 흔들리지 않을 때, 일을 가진 엄마가 누리는 충만한 삶이 질투가 나서 자꾸만 양심의 가책을 불어넣으려고 하는 여자들에게 휘둘리지 않을 때, 일하며 아이를 키울 수 있다. 일하며 아이 키우기는 주어진 상황에 따라 유연하게 우선순위를 정할 수 있을 때, 그리고 스스로의 필요에 깨어 있을 때만이 가능하다. 또한 이것을 위해서는 자신의 행동 경계를 확실히 정하는 것이 필요하다. 다섯 살짜리도 엄마가 토요일 오후 낮잠을 한 시간 정도 자야 한다거나, 저녁에 밀린 일을 또 한판 해야 한다는 사실을 납득한다. 이런 방식으로 일주일에 20시간 정도 일하면 두 가지 삶의 영역, 즉 일과 가족 사이에서 시너지 효과를 경험할 수 있을 것이다. 일에도 집중하게 되고 가족의 행복도 맛볼 수 있는 것이다.

벌써부터 아이가 태어난 후 어떻게 해나갈 것인가 하는 생각에 골치를 썩고 있는가? 마음속으로 그것이 어떻게 이루어질 수 있을지 생각해보라. 누가 도와줄 수 있을까? 아이를 낳은 후 일의 양상은 어떻게 바뀔 수 있을까? 친구들에게 조언을 구하고 파트너와 상의해보라. 구체적인 가능성을 그리는 데 도움이 될 것이다.

10. 지루한 건 못 참아!

픽션

일요일 아침. 무척 화창한 날이다. 밖에 앉아 있어도 좋을 만큼 날씨가 따뜻하다. 남자는 아이디어를 낸다. 피크닉! 여자가 아직 잠에서 깨어나지 않은 사이 남자는 부엌에 들어가 피크닉에 필요한 음식과 물건들을 챙긴다. 포도주, 치즈, 포도… 케이크도 남아 있다. 오븐에 빨리 닭을 굽는다. 피크닉은 환상적이다. 남자는 여자가 아직 집에 가고 싶어하지 않는다는 것을 눈치채고 강가를 한 바퀴 산책하자고 제안한다. 그러고 나서 어디엔가 앉아 쉴 생각이다.

여자는 남자를 사랑한다. 세심한 배려가 넘치는 남자이기 때문이다. 남자는 여자를 웃기려고 갖은 노력을 다한다. 여자가 원한다면 발가벗고 강에라도 뛰어들 수 있을 지경이다. 여자는 요구가 많고 까다로운 편이지만 남자는 한 번도 이 사실을 입 밖에 내지 않았다. 여자와 함께 지낸 지 5년째가 되었으나 여자를 심심하게 내버려둔 적이 거의 없다. 처음에 여자는 지루한 일상이 낭만적이고 아름다운 사랑을 망칠까봐 남자와 함께 사는 것을 두려워했다. 그러나 그렇지 않았다. 남자는 매우 부지런하며 여자를 즐겁게 해주기 위해 몸을 아끼지 않았다. 남자에겐 늘 아이디어가 풍부하다. 허구한 날 집에 앉아 방바닥이나 긁고 있는 휴일은 있을 수 없다.

여자는 지난 5년간 그 어느 때보다 많은 영화와 연극과 음악회를 관람했다. 남자는 모든 일을 사랑으로 한다. 때로 집에서 요리를 할 때면 식탁을 스무 개의 초와 아름다운 유리컵으로 장식한다. 여자가 피곤해 하면 번쩍 들어 침대에 눕혀주고 아침이면 멋진 노래를 불러 깨워준다. 그와 함께라면 세상 어딜 가도 지루하지 않을 것이다. 여자의 친구들은 믿을 수 없다는 환호성을 지르며 그 남자를 절대로 놓치지 말라고 말한다. 물론 여자도 놓치고 싶지 않다.

현실

우리의 환상에 날개를 달아주고 우리를 즐겁고 재미있게 해주는 남자. 세상에 정말 그런 남자가 있을까? 많은 여자들은 남자친구나 남편을 떠올리며 한숨을 쉰다. "그는 내게 전혀 관심 없어." "그는 나보다 취미를 더 중요하게 생각해." "그와 사는 게 왜 이리 지루한지."

클라라도 마찬가지였다. 그녀는 1년 만에 남자친구와 헤어졌다. 이유? 남자친구가 여간해서 자신이 사는 마을을 벗어나려고 하지 않았기 때문이었다. 단골 주점과 농사일과 축구장. 남자친구의 삶은 이 세 축을 빙빙 돌았다. 이것들이 삶의 전부였다. 그러나 클라라는 달랐다. 그녀는 시내를 돌아다니기 좋아했고, 디스코텍에 가서 몸을 푸는 것을 좋아했으며, 쇼핑을 즐겼다. 클라라는 늘 같은 식당에서 밥을 먹는 것에 금방 진력났고, 남자친구는 그녀를 만나러 시내에 들락날락해야 하는 것에 금방 싫증을 느꼈다. 따라서 남은 것은 헤어지는 것뿐이었다. 클라라의 말이다.

나는 우리 둘의 세계가 너무나 다르다는 것을 알았어요. 집에서 편안히 널브러져 있기를 좋아하는 사람을 무슨 재주로 저녁마다 클럽으로, 바로 끌고 다녀요? 처음엔 노력해보았는데 이제 의욕이 사라졌어요. 시골집 붉은 소파에 누워서 하루하루 살아가기에는 난 너무 젊고 호기심이 많아요. 나가서 세상을 알고 싶어요. 그것에 타협 같은 것은 있을 수 없어요.

보통 여자들은 시내를 돌아다니며 쇼핑을 즐기고 분위기 있는 카페와 디스코텍에 가기를 좋아하는 반면, 남자들은 그런 것 때문에 축구 시합 중계방송이라도 놓치면 큰일나는 줄 안다. 여자들은 때로는 세상이 돌아가는 것을 보고, 수다 떨고, 삶에 대한 호기심을 채울 수 있어야 만족한다. 여자들은 유연한 태도로 외부 세계를 대하며, 새로운 것을 시험하기를 좋아한다. 새로 개업한 레스토랑이라고? 한번 가봐야지! 그에 반해 남자들은 외부 세계를 도식화시킨다. 그들은 취미에 몰두하고, 늘 만나는 사람들만 만나며, 단골 식당과 단골 술집에만 들락거린다. 그것으로 외부세계에 대한 그들의 욕구는 끝이 난다.

그러나 여자들은 다르다. 새로 문을 연 옷가게와 레스토랑에 들러보아야 하고 새로운 도시로 여행하는 것을 좋아한다. 그러므로 남자들에 대한 기대를 버리고 이런 '외부 스케줄' 은 차라리 여자친구들과 함께 할 것을 추천한다. 때로 남자들은 가만히 내버려두는 게 더 낫다. 여자가 카페에서 친구들을 만나 수다를 떨면서 남자로 하여금 혼자 느긋하게 스포츠 중계를 보게 해주는 것에 감동하는 남자들도 있다.

당신은 실제로 어떠한가?

다 즐기지 못한 인간은 즐기라. 자신을 펼치라. 자신의 욕구를 부인하지 말라. 그러나 지루한 남자와 함께 사는가? 그것은 당신이 자초한 일이다. 그 남자의 성격을 알고도, 아니 그것 때문에 그를 사랑하니까 말이다. 그리고 뭐 나쁘지 않다. 때로 남자는 행동하기 전에 한순간 조용히 있는 것이 필요하다. 그가 행동하지 않는다고 성급하게 그의 손에서 수첩을 빼앗아 주말계획을 미리 세우지 말라. 그로 하여금 한번 시도해보게 내버려두라. 그리고 그가 진짜로 아무런 계획도 세우지 않으면 외출하고 싶다고 말하라.

지루함은 일상을 틈타고 찾아든다. 음식을 만들고, 청소하고, 돈 문제를 해결하고, 아이들 뒤치다꺼리를 하고 친구 문제에 신경을 쓰다 보면 처음 사랑에 빠졌을 때의 마술은 온데간데없이 사라진다. 처음 눈에 뭐가 씌워진 것 같이 상대방과 함께만 있으면 좋았던 순간들은 일순간에 날아가버린다. 지루한 관계에 양념을 치고 싶다면 다음 조언을 유념하라.

✲ 지루한 일상을 날려버릴 방법

…› 일상을 타파하라. 주말이 늘 똑같은가? 저녁도 비슷비슷한가? 성생활도 언제나 그 타령인가? 변화를 주라. 부디 빨리! 싱글이었을 때처럼 적극적으로 이벤트를 만들라. 둘이 붙어 있다고 저절로 재미가 용솟음치지는 않는다. 새로운 식당을 발굴해보라. 일요일에 특별한 소풍을 가보라. 손님을 초대하라. 야외에서 사랑을 해보라.

…› 상대방에게 언제나 매력적으로 보이려고 애쓰라. 물론 꽉 끼는 미니스커트보다 추리닝 바지가 편하기는 하다. 그러나 초라하고 흐트러진 인상을 준다. 집에 있을 때에도 머리를 예쁘게 만지고, 립스

틱을 바르고 구두를 신으라. 자신을 느슨해지지 않게 조이라! 남자는 그에 대해 보답할 것이다.

⋯▸ 부부관계에 우선순위에 두라. 물론 친척과 친구들도 소중하다. 그러나 둘만을 위한 무엇인가를 해보라. 둘을 위해 이기심을 발휘해보라. 함께 마사지를 받고 최고급 레스토랑에서 사치스런 메뉴를 주문해보라. 아니면 만월이 가장 아름답게 보이는 낭만적인 카페로 드라이브를 가라.

⋯▸ 돈 이야기 같은 실질적인 사안이 대화의 주된 테마가 되지 않도록 하라. 그런 문제는 용건만 간단히 하고 해결되었으면 곧장 대화 주제를 바꾸라. 차라리 자신의 기분에 대해 이야기하라.

⋯▸ 각자 자유공간과 시간을 가지라. 매일 붙어다니는 것은 질식하게 만든다. 혼자서 친한 친구들을 만나라. 이런 새로운 자극으로부터 관계는 유익을 얻을 것이다.

⋯▸ 무슨 일이 있어도 남자의 친구들이나 취미에 대해 왈가왈부하지 말라. 남자에게 그가 하고 싶은 것을 할 권리가 있다는 느낌을 주라. 남자들은 자유를 좋아한다. 그리고 자유를 허락하는 여자를 좋아한다.

여자를 즐겁게 하는 남자는 어떤 남자?

여자들은 남자들이 자신을 위해 노력하고 있다는 사실을 느낄 때 기분이 좋아진다. 여기 인터넷에 게재된 남자들이 남자들에게 주는 조언 몇 가지를 싣는다.

❋ 남자가 남자에게 주는 조언

⋯▸ 남자들이여, 퇴근해서 집에 들어오면 가장 먼저 여자에게 다가가 여자를 안아줘라.

⋯▸ 먼저 집에 들어와 저녁을 준비하거나 여자가 거품 목욕을 즐기게끔 목욕 준비를 해놓으라.

⋯▸ 여자의 하루 일과에 대해 질문하고 관심을 보이라.

⋯▸ 현재 무슨 일로 바쁜지 여자에게 자세히 이야기해주라. 직장에서 돌아가는 상황을 알게 해주라. 여자로 하여금 당신의 삶에 참여하게 하라.

⋯▸ 여자의 말에 귀기울이고 질문을 던지는 연습을 하라. 여자들은 질문을 받는 것을 좋아한다.

⋯▸ 수요일쯤 주말계획을 세우라. 친한 친구가 시간이 안 되거나 축구경기가 없는 주말만 여자와 함께 보내려 하지 말고 여자와 함께하는 시간에 우선순위를 두라.

…▶ 집안일을 도우라. 집안을 어지르는 것은 여자나 남자나 똑같으니까.

…▶ 늦게 들어올 때는 전화를 하라.

…▶ 혼자 쉬고 싶을 때는 미리 이야기를 하고 이유를 설명하라.

…▶ 여자의 이야기를 들으면서 신문을 보는 것은 금물이다.

…▶ 때때로 여자의 발과 등을 마사지해주라.

…▶ 섹스하고 싶지 않을 때도 약간의 애무는 필수다.

…▶ 여자가 무슨 얘기를 하든 끝가지 인내심 있게 들어주라.

…▶ 사람들이 있는 자리에서는 여자에게 더 큰 관심을 보이라.

…▶ 자주 여자와 깜짝 외출을 하라.

…▶ 여자와 함께 춤추러 가라.

…▶ 처음 연애하던 때를 떠올려 그때처럼 해줘라.

…▶ 공통의 취미를 찾아라.

…▶ 여자의 눈에서 여자가 원하는 바를 읽으려고 노력하라.

11. 선물, 부디!

픽션

그는 때로 선물 공세를 펼친다. 최근에는 핑크색 실크 외투를 선물했다. 길을 가다가 쇼윈도우로 그 외투를 처음 보았을 때부터 그것은 그의 머릿속을 떠나지 않았다. 그녀가 입으면 아주 예쁠 것 같았다. 그는 결국 외투를 샀고 예상대로 그녀는 너무나 기뻐했다. 그는 그녀가 아주 여성스런 옷을 입는 것을 좋아한다. 그녀를 위해 아름다운 물건들을 발견하는 것은 그에게 큰 기쁨이다. 함께 시내를 돌아다니다가 그녀가 마음에 드는 물건을 물끄러미 쳐다보기만 하면 그는 그 물건을 몰래 구입한다. 그는 그녀를 떠받드는 것을 좋아한다. 그는 명품을 꿰고 있으며 최근 유행하는 비싼 핸드백을 사는 것을 망설이지 않는다. 루이비통·프라다·페라가모……. 그는 이곳뿐 아니라 할리우드와 파리의 몽테뉴 거리와 런던의 옥스퍼드 거리에서도 이런 가방이 인기라는 사실을 알고 있다.

그는 그녀가 원한다면 하늘에서 별을 따오기까지 할 것이다. 여자들은 남자들이 자신을 위해 무엇인가를 해줄 때 감동받는다는 것을 알고 있기 때문이다. 그것이 비단 여자 자동차의 점화플러그를 교체해주는 것에 불과할지라도 말이다. 그는 생일이나 밸런타인데이에만 꽃을 선사하지 않는다. 때로 초콜릿 봉봉을 사가

지고 집에 들어가는 것은 물론이거니와 주말에 손수 아침식사 준비를 할 때면 냅킨 밑에 작은 깜짝 선물을 감추어둔다. 초콜릿이나 영화표, 또는 사랑 고백이 담긴 작은 쪽지가 그것들이다. 남자는 여자의 세계를 존중해준다. 사랑 섞인 제스처를 담아서.

현실

현실은 과히 달갑지 않다! 여자들이 원하는 것을 아는 남자들은 거의 없다. 바우크네히트사의 엠니드 연구소가 1998년에 실시한 설문조사 결과를 보아도 그렇다. 18세에서 59세 사이의 2000명이 넘는 여성들을 대상으로 받고 싶은 선물이 무엇이냐고 질문하고 남자들에게도 여자들이 가장 받고 싶어하는 선물이 무엇일 것 같으냐고 질문한 결과 남자들과 여자들이 서로 완전히 빗나간 대답을 했으니 말이다.

남자들은 종종 선물을 해야 한다는 사실을 부담스러워한다. 그리하여 적잖은 남자들이 여동생이나 여비서로 하여금 여자의 생일선물, 혹은 크리스마스 선물을 사오라고 시킨다. 시킬 여동생이나 여비서가 있기나 하면 다행이다. 그렇지 않고 손수 선물을 고르러 나섰을 때 남자들이 가장 많이 들르는 곳은 향수가게이다. 향수? 여자들도 향수를 조금 좋아하긴 한다. 엠니드 연구소의 설문조사 결과 향수는 여자들이 받고 싶은 선물 10위를 차지했다. 7.7퍼센트의 여자들이 새로운 향수를 받고 싶어했던 것이다. 그렇다면 여자들이 향수보다 더 원하는 선물은 무엇일까?

여자들이 1위로 꼽은 선물은 여행이었다. 물론 남자들도 그렇긴 하겠지만 여자들은 가까운 데든 먼 데든 일상을 벗어나는 것을 좋아한다. 그리하여 설문에 응답한 여자들의 43.3퍼센트는 받고 싶은 선물로 여행을 꼽았다. 그들은 낯선 도시나 낭만적인 전원 호텔, 또는 경치 좋은 곳에 위치한 미식가의 전당에서 시간을 보내기 원했다. 여자들이 받고 싶은 선물 2위는 바로 뷰티팜 Beauty Farm(휴양지 형태의 미용센터)에 가는 것이다. 20.8퍼센트의 여자들이 마사지를 받고 아로마 목욕 등을 할 수 있는 뷰티팜을 원하는 것으로 나타났다. 그에 반해 보석은 여자들에게 그리 어필하지 않는 것으로 나타났다. 7.7퍼센트의 여성들만이 다이아몬드를 가장 갖고 싶은 선물로 꼽았다. 남자들의 경우는 44퍼센트가 아직도 여자들이 보석에 사족을 못 쓰는 줄로 믿고 있지만 말이다. 꽃 역시 여자들에게는 더 이상 선물로 다가오지 않는 것으로 나타났다. 여자들이 꽃을 좋아하지 않아서가 아니라 그동안 꽃은 독립적인 선물로서의 의미를 잃고 있기 때문이다. 즉 꽃은 다른 선물에 딸려오는 것이라야 하지 꽃 자체로는 선물이 안 되는 것이다.

여자들이 좋아하는 선물 또 하나는 현금이다. 그렇다. 여자들은 때로 실용적인 사고를 한다. (현금은 감동까지는 모르겠으나 최소한 실패는 하지 않을 선물이다). 현금은 여자들이 받고 싶은 선물 3

위를 차지했다. 4위는 분위기 있는 레스토랑에서의 멋진 식사. 그리 어려운 일도 아닐 텐데……. 여자들은 이런 특별한 저녁을 새로 나온 터보 믹서보다 더 좋아한다. 또한 책과 연극표와 가구도 여자들이 좋아하는 선물로 나타났다.

그러니 남자들이여, 두려워하지 말라. 선물 목록은 이밖에도 충분하니까. 여자들에게 선물할 수 있는 것은 천 가지가 넘고 가장 좋은 일은 여자들은 자신들이 원하는 바를 비밀에 붙이지 않는다는 것이다. 그러므로 우리 여자들을 기쁘게 해주는 것은 상대적으로 쉽다.

당신은 실제로 어떠한가?

선물을 하지 않는 것보다 더 유감스러운 것은 기분 나쁜 선물을 하는 것이다. 남자들이여! 이런 선물은 절대 금물임을 명심하라!

✽ 여자에게 절대 해서는 안 될 선물

···▶ 조화 꽃다발.

···▶ 자기 엄마의 향수.

···▶ 이전의 여자친구가 두고 간 바디용품 세트.

···▶ 할인매장에 널려 있는 값싼 가사용품

이런 선물을 받는 일을 당하지 않으려면?

남자를 훈련시키라. 가능하면 자주 무엇을 좋아하는지 힌트를 아끼지 말라. 토요일에 아이쇼핑을 함께 하라. "어머 내가 좋아하는 가게에서 재고 정리 세일을 하네"와 같은 은은한 암시가 제격이다. 통하지 않는다고? 그럼 조금 더 적나라한 방법을 사용해보라. 당신의 친한 여자친구가 남편과 함께 로마로 여행을 갔는데 그 여행이 얼마나 좋았으며 얼마나 (사랑에) 영감을 주었는지에 대해 떠들어대라. 또는 남자친구의 가족이나 시댁 식구들에게 지나가는 말로 당신이 어떤 종류의 핸드백을 좋아하는지를 언급하며, 다가오는 출장이나 모임 때문에 급하게 하나 새로 사야 한다고 말하라. 예전의 남자친구가 어떤 때에 어떤 선물을 해주었는지 언급하는 것도 효과가 있다. 당신이 뽀로통해 있거나 싸웠다가 화해했을 때 선물을 해주었다고 말이다. 그외 당신의 상상력을 발휘하여 남자들을 자극하라.

가장 효과적인 방법은 허심탄회하게 필요한 것들을 말하는 것이다. 당신이 낡은 하이힐 때문에 얼마나 불편한지를 가능하면 어찌할 바 몰라 하면서 말하라. 행사가 있어 정장을 입어야 하는데 이 구두 대신 어떤 구두를 신고 가면 좋을지 모르겠다고 조언을 구하라. 남자는 곧 당신이 마땅한 구두가 없으며 함께 새로운 신발을 사러 가야 한다는 것을 확인하게 될 것이다.

당신에게 선물 공세를 할 남자는 어떤 남자?

물론 물건 사기를 좋아하는 남자. 여자만큼 시내를 돌아다니는 것을 좋아하며 아이쇼핑을 즐기는 남자. 정기적으로 백화점에 가고 《보그》지를 들추는 남자. 소비 능력이 있는 남자. 그러나 무엇보다 중요한 것은 사랑하는 여자의 말을 주의 깊게 듣고 자세히 관찰할 줄 아는 남자다.

여자의 입술 색깔이 며칠째 똑같은 것을 보고 퇴근길에 새로운 붉은 립스틱을 사다주는 남자다. 여자가 새로이 재즈 음악에 빠진 걸 느끼고 CD를 사다주는 남자다. 나쁠 것 없다. CD 정도는 그리 비싸지 않으니까. 또한 여자에게 격려나 위로가 필요한 시점을 민감하게 느끼는 남자다. 과로로 피로하거나 아이들 때문에 신경이 곤두서 있을 때 남자의 신선한 선물을 받으면 여자는 감동한다. 비싼 선물일 필요도 없다. 이런 관심을 받을 때 여자들이 취해야 할 태도는 단 한 가지다. 기뻐하고 감동하는 것. 그러면 남자들은 더욱 열심히 선물 공세를 펼칠 것이다.

남자를 '올바른 길'로 인도하는 것은 여자들의 몫이다. 종종은 스스로 먼저 선물을 하는 것도 도움이 될 것이다. 남자를 위해 예쁜 셔츠나 멋진 촛대를 골라보라. 남자가 시동이 걸리는가? 축하한다! 시동이 걸리지 않는다고? 오케이, 그러면 방법은 하나다. 남자에게 선물 공세를 중지하고 스스로 새로운 핸드백을 사기 위해 힘써 돈을 모으는 것!

원하는 것을 어떻게 얻을까?

2

원하는 것을 어떻게 얻을까?

이번 장에서는 남자들을 마음대로 주무르기 위해 필요한 능력을 살펴보겠다. 모든 여성은 이런 능력을 스스로 개발할 수 있으며, 이런 능력을 갖추는 것은 비단 남자 때문만이 아니라 여러모로 유익하다. 그러므로 이런 전략들을 자세히 살펴보자.

1. 열정적이 되라

범례

그는 일생 동안 한 가지 타입의 여자에게만 관심이 있었다. 미용사에게만 말이다. 프랑스의 시골에서 보낸 어린 시절, 포마드 냄새가 진동하는 미용실은 그에게 동경의 장소였다. 그는 그곳에서 일하는 미용사들을 몰래 훔쳐보았다. 어른이 되어 그는 어떤 미용사와 사랑에 빠졌고 그후 미용사를 사랑하는 것이 삶의 전부가 된다. 그들은 미용실 바닥에서, 테이블에서, 그리고 향수와 면도칼 사이에서 사랑을 나눈다. 그녀는 그의 세계요, 그녀의 세계는 그의 세계다. 이 사랑은 강렬하고 열정적이며 오랫동안 지속된다. 미용사가 스스로 물에 빠져 목숨을 끊을 때까지…….

이것은 프랑스의 유명한 영화 〈사랑한다면 이들처럼Le Mari De La Coiffeuse〉의 줄거리다. 이 영화는 광기적이고 전도된 사랑을 그린다. 주연배우는 미용사의 연인 역할을 완벽하게 소화해낸다. 그는 언제나 미용실을 배경으로 등장하며 언제나 연인 곁에 머물러 있다. 연인을 헌신적으로 사랑하기 때문이다. 물론 이 러브스토리가 상당히 과장되어 있는 것은 사실이다. 그 누구도 이 영화 속의 연인들처럼 사랑할 수는 없을 것이다. 그래서 미용사는 스스로 목숨을 끊었는지도 모른다. 그럼에도 불구하고 미용사를 사랑하는 한 남자의 열정은 우리의 가슴을 울린다.

극단적인 개인주의와 이기주의가 판을 치는 세상에 모든 열
정을 다 바쳐 사랑하는 능력, 상대방에게 자신을 온전히 내어줄
수 있는 능력은 상당히 드문 능력이 아닐 수 없다. 누가 모든 것을
다 바치고자 하겠는가? 그렇게 해서 무엇을 얻을 것인가? 우리는
예술에 헌신하는 화가나 시인이나 음악가를 알고 있다. 그들은
새로운 작품을 탄생시키기 위해 혼신의 힘을 다한다. 사랑도 예
술과 비슷하다. 온전히 열정을 바쳐 헌신할 수 있을 때만 사랑할
수 있다. 한순간 자신을 잊어버리면서 사랑이라는 위대한 감정을
경험하는 것이다.

열정적인 사람은 의식적으로 자기 통제를 포기한다. 그리고
본능적으로, 감정적으로, 적접적인 행동으로 자신을 표현함으로
써 친밀함을 낳는다. 사랑에 열정을 쏟기 위해서는 굉장한 자기
신뢰가 필요하다. 브레이크를 떼고 한 사람에게 빠져들었을 때
무슨 일이 일어날지 누가 알겠는가? 그것이 좋은 결과를 가져올
지 나쁜 결과를 가져올지 누가 예측할 수 있겠는가? 즉 열정적일
수 있다는 것은 한편으로 스스로를 믿어줄 용기가 있는 것이다.
정열을 위해 이성을 잠시 밀어두고, 한순간 자신을 절제하지 않으
며 자신을 잊어버리는 것이다. 열정적인 사람은 어떤 상황에 자
신의 전부를 내맡겨 마음을 연다. 그리고 그것은 머리를 굴려서
는 절대로 경험할 수 없는 친밀함과 강렬함을 체험할 수 있게 한
다. 상대방을 느끼고 자신의 감정을 느끼기 위해서는 머리가 없

는 듯한 상태가 필요하다. 이것은 자기포기와는 다르다.

열정은 한순간 스스로를 잊음으로써 전에 보지 못했고 생각하지 못했던 상황을 체험하게 한다. 사랑의 마술을 이루는 것은 바로 이것이며, 최상의 경우 열정은 커다란 감정적 깜짝 선물을 제공한다.

열정이 모자라면 어떻게 되는가?

열정적이지 못한 사람들은 친밀함과 강렬함을 경험하지 못한다. 그들은 자신에게만 사로잡혀 있어 다른 사람 속으로 깊이 들어가고자 하지 않는다. 매순간 자제심을 발휘하고 언제나 상황을 통제하고자 하며 감정적인 위험에 빠지려고 하지 않는다. 그리고 엄격하고 신중하게 재어진 감정 생활을 영위한다. 모든 것은 정해진 자리에 놓여 있다. 이런 상태는 안전하기는 하다. 그러나 결코 사랑의 강렬함은 맛볼 수 없을 것이다. 열정이 없이는 멋진 섹스 역시 가능하지 않다.

《엘르》지에 실린 최근 기사에 의하면 여성들의 많은 수가 섹스를 할 때 몰입하지 않고 자신의 모습이 지금 어떻게 보일까를 생각한다고 한다. 슬픈 일이다. 사랑을 하면서 몰입하는 대신 자신의 비곗살이 말리는 모습이나 머리 모양이 헝클어지는 것을 생각한다면 진정으로 몰두할 수 없고 순간을 즐기는 것을 놓치게 되기 때문이다.

물론 헌신할 수 없는 때가 있긴 하다. 상대방에 대한 신뢰가 사라졌거나 상대방의 외도(외도는 열정의 최대의 적이다) 등으로 실망했을 때가 그런 경우다. 자비네는 이렇게 말한다.

나는 몇 년 동안 최고의 섹스를 경험했어요. 나는 홀거를 너무나 사랑했지요. 그는 나의 첫남자였고 나는 그의 첫여자였어요. 우리는 서로의 육체를 서서히 알아가기 시작했어요. 조금씩 조금씩……. 천천히 사랑의 기술에 잠기는 것은 정말 멋진 일이었어요. 나는 지금도 홀거가 나의 육체를 부드럽고 조심스럽게 탐닉해준 것에 대해 고맙게 생각해요. 그것은 내게 감명을 주었지요. 그리하여 그에게 나의 모두를 온전히 쏟아부을 수 있었어요. 우리의 사랑은 위대하고 아름다웠어요. 나는 주변세계를 까맣게 잊고 그에게 몰입했지요. 그가 나를 속였다는 사실을 알게 되던 날까지 말이에요. 그것도 한 번이 아니라 여러 번을 속였다는 것을……. 홀거는 그런 일들은 중요하지 않으며 나에 대한 사랑은 변함이 없다고 나를 설득했어요. 정말 그럴지도 몰랐지요. 하지만 그의 외도로 나는 모든 것이 끝났어요. 처음에는 노력하려고 했어요. 구할 수 있는 것은 구하고 싶었어요. 하지만 노력하면 할수록 우리 사이의 틈이 더 이상 메워질 수 없다는 것을 실감했어요. 나는 전에 그에게 머리와 가슴과 배를 온전히 내어줄 수 있었는데 이제 내 육체는 그를 받아들이기를 거부했어요. 나는 더 이상 몰입할 수 없었어요. 그가 나를 만나고 있지 않을 때 무엇을 할까, 다른 여자에게 가지 않을까 하는 의문이 내 머릿속에 꼬리를 물고 일어났어요. 나는 나를 지켜야 할 것 같은 심정이었고 나 자신을 보살펴야 한다는 마음이 일었어요. 나는 자꾸만 방어막을 쳤고 우리 사이의 친밀함과 사랑은 끝이 났어요. 그로부터 1년 쯤 지나 우리는 결국 헤어졌지요.

이후 자비네가 누군가에게 열정을 바치는 데 필요한 신뢰를 되찾기까지는 꽤 시간이 걸렸다. 다음번 남자를 만났을 때 자비네는 첫사랑에서와는 달리 굳은 결심이 필요했다. 저절로 새 남자와의 사랑에 몰입할 수 있기에는 이전의 상처가 너무 컸기 때문이었다. 자비네는 새로운 사랑에 멈칫거리며 다가갔고, 자신에게 다가온 남자를 신중하게 살펴보았다. 그리고 그녀를 향한 그의 노력이 멈추지 않는다는 것을 확인했을 때 이 사랑에 기회를 주었다. 자비네는 자신이 다시 한번 누군가에게 열정을 바치는 모험을 무릅써야 한다는 것을 알았다. 그렇게 하지 않으면 이 사랑에는 미래가 없기 때문에. 이야기가 시작되기도 전에 그 끝을 생각하는 사람은 감정을 발전시킬 기회를 차단하는 것이기에.

사랑은 모순적이다. 때로는 이겨야 하고 때로는 져줘야 한다. 늘 이기려고만 하는 사람은 장기적으로 상대방을 잃어버리게 될 것이다. 그럼 어떻게 열정적이 될 수 있을까?

열정적이 되려면 어떻게 해야 할까?

열정을 타고난 사람들이 있다. 그들은 상대방에게 쉽게 감정이입을 하고 상대방이 감정이입을 해주기 바란다. 감정이입에 뛰어난 사람들은 상대방의 말을 잘 들어주고 상대방을 잘 관찰한다. 상대방으로부터 무엇인가를 배우려 하기 때문이다. 감정이입은 생각을 읽는 것에 다름 아니다. 그것은 다른 사람의 존재를 들여다보고 이해하게끔 우리를 돕는다.

심리학자 윌리엄 이케스는 《오늘의 심리학》지와의 인터뷰에서 "감정이입은 우리의 뇌가 가진 두번째로 위대한 능력입니다"라고 말한 적이 있다. 같은 기사에서 하이코 에른스트는 "감정이입은 우리로 하여금 다른 사람의 삶에 참여하게 합니다. (…) 자신을 뛰어넘어 다른 사람의 상태가 되어 생각하면서 우리는 세계관뿐 아니라 자기에 대한 이해도 확장시킬 수 있습니다. 감정이입은 우리와 다른 사람을 엮어주는 띠입니다"라고 썼다. 이처럼 감정이입은 동정심과 관용과 이해를 유발하며 자신만을 생각하는 데서 한 발 더 나아가게 한다. 즉, 감정이입을 잘 하는 사람이 몰입하기 쉬우며 열정적이 되기도 쉬운 것이다.

당신은 다른 사람에게 열정을 바칠 능력이 있는가, 아니면 매 순간 자제심을 발휘하는 스타일인가?

···▸ 당신을 몰입하게 하는 상황은 어떤 것들인가?

···▸ 몰입하기 위해 필요한 것은 무엇인가?

···▸ 몰입하는 것이 쉬운 편인가?

···▸ 다른 사람의 입장에서 생각하기를 잘하는가?

···▸ 헌신하기 어려운 이유는 무엇인가? 두려운 것이 무엇인가?

❋ 열정적인 사람이 되는 비결

···▸ 삶의 매순간을 통제하고 제어하려고 하지 말라. 확실한 스케줄, 심사숙고한 주말계획. 한 번쯤 그런 것들을 잊어버리고 마음 내키는 대로 사는 법을 배우라.

···▸ 감정이 풍부하고 몰입하는 능력이 뛰어난 사람과 가까이하라. 이성적인 당신보다 무엇인가에 더 잘 빠지는 사람, 그의 재능을 엿볼 수 있을 것이다.

···▸ 자기 자신을 믿으라. 자신을 믿는 사람이 자신을 내어줄 수 있다.

···▸ 양심의 가책을 느끼지 말라. 당신이 좋으면 되는 것이다.

···▸ 후회하지 말라. 누구나 잘못된 것에 투자할 수

있다.

⋯▸ 자기 자신을 기쁘게 해주라. 계속 규칙과 의무만을 지고 살 이유는 없다. 잘 사는 사람이 사랑도 잘한다.

2. 머리도 함께 사랑하라

범례

그녀는 자신이 원하는 것을 안다. 그러므로 원하는 것을 많이 얻는다. 또한 그녀는 자신이 예리한 이성을 가지고 있다는 것을 한시도 잊지 않는다. 할머니는 그녀에게 "늘 머리를 써라"라고 말했다. 할머니도 그렇게 살았다. 할머니는 열정적으로 사랑했지만, 한편으로 남편을 전략적으로 낚아채었음을 부인하지 않았다. 언니 아나벨레에게 소개시켜달라고 부탁했고 소개시켜줄 때까지 언니를 계속 괴롭혔던 것이다. 그리고 남편 한스와 결혼 제단 앞에 설 때까지 조금도 방심하지 않았다. 할머니는 필요한 것을 반드시 얻고야 말겠다는 의지를 갖고 있었다.

그녀 역시 할머니로부터 이런 의지를 이어받았다. 그래서 어떤 남자들은 그녀 앞에서 고개를 설레설레 흔든다. 하지만 무슨 상관이랴. 그녀의 자신감 앞에서 도망가는 남자는 그녀에게 합당한 남자가 아닌 게 분명한 것을.

　사랑에는 때로 머리를 굴리는 것이 필요하다. 머리를 굴리라는 말이 별로 좋지 않게 들리는가? 그러나 앞장에서 살펴보았듯이 사랑은 결코 우연히 일어나는 사건만은 아니다. 자신이 원하는 것과 그것을 실현할 수 있는 방법을 알 때 최고의 동반자를 만날 수 있다. 엘리자베스는 이렇게 말한다.

　나는 오랫동안 내가 어떤 남자를 원하는지에 대해 아무런 생각이 없었어요. 서른 살이 될 때까지 별다른 생각 없이 그저 흘러가는 대로 살았지요. 그러다가 한순간 나의 삶을 우연에만 내맡겨두고 싶지 않다는 생각이 들었어요. 그래서 아이들에 대해, 가족을 이루는 것에 대해 생각하기 시작했어요. 어떤 남자가 이런 가족을 이루기에 적합한 사람일까? 나는 남자들을 다른 눈으로 보기 시작했어요. 전에는 잘생긴 남자를 보면 눈이 돌아갔지만 이제 사정은 달라졌어요. 어떤 타입의 남자가 결혼하기에 적당한 남자일까? 이 남자는 최소한 가족을 부양할 능력이 있는 남자일까? 혹시 여자 경험이 많고 결혼생활에는 부적당한 남자가 아닐까?

　서른 살이 되면서 처음으로 나는 사랑에서도 머리를 쓰는 것이 중요하다는 것을 알았어요. 나는 가능하면 실패하지 않을 남자를 찾고자 했어요. 결혼생활을 위기 속으로 밀어 넣지 않을 남

자 말이에요. 첫번째 후보가 나타났어요. 정말 완벽해 보였지
요. 직업은 의사였고 단란한 가정을 이루고 싶은 소망을 가지고
있었어요. 한 세 달 정도 그와 사귀면서 나는 이 사람인가 보다
생각했어요. 그러다가 현실의 벽에 세게 부딪쳤지요. 그는 3일
에 한 번씩 병원에서 야간 당직을 서야 했는데 야간 근무가 끝
나고 돌아오면 거의 녹초가 되어 계속 누군가 보살펴줘야 하는
형편이었지요. 게다가 그는 내가 외출하는 것에 대해 극도로 질
투 섞인 반응을 보였어요. 나는 이 사람은 아니라는 걸 알았지
요. 그리고는 뒤도 안 돌아보고 헤어졌어요.

두번째 후보는 시작부터 '꽝' 이었어요. 섹시하고 매력적이었
지만 돈을 못 버는 화가였거든요. 결혼상대로는 적합하지 않았
지요. 우리는 잠시 연애를 하다가 만났던 것처럼 쉽게 헤어졌어
요. 그리고 나서 침체기가 찾아왔지요. 끔찍했어요! 아무 일도
벌어지지 않았어요. 아무도 사귀지 못했고 계속 맨송맨송한 나
날들을 보냈지요. 노처녀로 늙어죽을 것만 같았어요. 이런 가뭄
은 2년 정도 지속되었어요. 나는 남자를 간절히 찾기 시작했지
요. 그때 톰이 물망에 올랐어요. 직장동료였는데 보수적이고 침
착한 사람이었지요. 나는 곧장 그를 좋아한다는 표를 냈어요.
그리고 그도 역시 나를 좋아한다는 걸 알고 기뻤지요. 우린 세
달 전에 결혼하여 꿈에 그리던 가정을 꾸렸어요. 그러나 이 모
든 행복에도 불구하고 나는 영리한 머리를 떼어놓지 않고 있답

니다. 지금도 우리가 오래도록 함께할 수 있을 것인지를 잘 주
시하고 있어요. 안심이 돼요. 내 머리가 함께 사랑을 하니까요.

당신은 인생에서 무엇을 원하는지 알고 있는가?

당신은 실제로 어떠한가? 우연한 사랑에만 기대고 있는 것은 아
닌가? 당신이 욕망하는 것, 그것이 무엇인지 스스로의 마음을 자
세히 들여다본 적 있는가? 당신의 인생에서 누구를 그리고 무엇
을 원하는지 찬찬히 들여다보라.

✳ 자신의 삶에 천착하는 비결

⋯▸ 어린 시절에 품었던 꿈과 소망들을 기억해보라.
그중 일부가 이루어졌는가? 목표를 정리해보라.

⋯▸ 당신의 인생을 책으로 쓰라고 하면 거기에 어떤
제목을 붙이겠는가? 그것은 행복한 이야기가 될 것
인가? 불행한 이야기가 될 것인가?

⋯▸ 규칙적으로 자신에게 이런 질문을 던지라! 나는
무엇을 원하는가? 나는 누구를 원하는가? 나는 어
디로 가고 싶은가?

⋯▸ 지금 상태가 별로 마음에 들지 않는다면 삶에 새
로운 전환점을 마련하라. 필요하다면 새로운 환경
속으로 옮아가라.

자신에게 자문해보라. 당신은 남자들이 도전하고픈 여자인가? 자신의 삶에서 최상의 것을 얻어낼 만한 가치가 있는 사람이 되라. 그럴 때에만 당신 역시 최상의 것을 얻을 수 있다!

그리고 아직 진정한 사랑을 만나지 못했다면 이제 적극적으로 사랑의 설계를 할 때이다. 진정 원하는 사랑이 있는가? 그렇다면 계획하라. 그리고 그것을 가져라!

✱ 원하는 남자를 만나기 위한 관계 형성법

···▶ 친구들이나 아는 남자들에게 사람을 소개시켜 달라고 부탁하라. 입에 감 떨어질 때까지 기다리지 말라. 자만은 금물이다. 미국에서는 독신 남녀가 미팅을 갖는 일이 유행이다.

···▶ 인간관계를 넓히고 네트워크를 형성하라. 여러 모양으로 누군가를 사귈 기회를 만들라. 외출했다가 우연히 어느 곳에서 누군가를 만날 수도 있음을 염두에 두고 긴장을 풀지 말라.

일단 원하는 남자를 찍었다면, 너무 노골적인 태도로 접근해선 안 된다. 다만 속보이는 수줍음 역시 금물이다.

이처럼 성공적인 사랑을 위해서는 약간의 계산이 필요하다. 그것은 완전히 합법적인 일이다. 사랑도 어떤 논리에 근거하기 때문이다. 우리는 어렸을 때 마음에 들었던 물건이나 사람이나 냄새를 기억나게 하는 사람을 선택한다. 우리가 그런 것들을 사랑으로 느낀다면 사랑은 하늘의 선물일 뿐 아니라 우리가 좋아하는 것에 대한 논리적인 반응이다. 그러므로 이 사람이나 상황이 정말 자신이 원하는 사람이고 상황인지를 알기 위해서는 계산이 필요하다.

3. 지금 이 순간을 살아라!

범례

미리암은 즉흥적이다. 그러나 자산 컨설턴트라는 꽤 무게 있어 보이는 일을 하기 때문에 그녀가 즉흥적이라는 걸 대번에 눈치채는 사람은 별로 없다. 미리암은 잘나가는 직장 여성으로서 두각을 나타내고 있다. 그러나 그럼에도 불구하고 기분 좋은 순간들을 즐길 수 있는 기회를 놓치지 않는다.

매일 아침 8시에서 저녁 9시까지 비즈니스 상의 실타래만 풀어야 한다면 그녀의 삶은 지루하고 다람쥐 쳇바퀴 도는 것 같을 것이다. 미리암은 그런 생활을 참을 수 없다. 그녀는 사교적이며 호기심이 많고 사람들과 어울리기를 좋아한다. 새로운 인간관계를 맺을 때는 거의 전율을 느끼다시피 한다. 최근 엘리베이터에서도 그런 일이 있었다. 엘리베이터에 큰 체구에 검은 머리칼을 한 신입 직원이 타고 있었는데 수줍은 듯 계속 구두코만 쳐다보고 있었다. 미리암은 구두에 관해 농담을 던지고는 사과하는 뜻에서 구내식당에서 점심을 같이 하자고 말했다. 이로써 미리암은 또 한 사람을 알게 된 것이다. 그 이후 이 수줍은 신참내기 직원은 하루에 세 번씩 미리암의 사무실로 전화를 해오고 있다. 그것은 일을 두 배는 더 즐겁게 만든다.

최근 고객을 만나는 자리에서도 미리암은 기회를 잃지 않았다. 젊은 부부에게 투자 펀드에 대해 상담 중이었는데 미리암은 이 젊은 부부가 첫눈에 마음에 들었고 이 부부가 주말마다 영국 정원에서 아침식사를 한다는 것을 알고는 즉석에서 아침식사 약속을 했다. 미리암은 이런 식이다. 친구들은 미리암의 사교성을 부러워한다. 미리암이 알고 보면 자신도 수줍음이 많은 사람이라고 말할 때마다 친구들은 웃음보를 터뜨린다. 그녀의 말을 믿을 수 없기 때문이다.

미리암 역시 일상에서 작은 기쁨들을 쟁취하고 누리는 것이 그리 쉽지 않은 일임을 잘 안다. 하지만 병에 걸렸다가 나은 후 하루하루가 얼마나 소중한지 깨닫게 되었고, 그 이후 다른 사람들은 휴가 때나 취하는 삶의 방식을 구사하고 있다. 마음을 열고 즐겁게, 늘 상냥한 만남을 기대하면서 말이다. 이것은 미리암의 삶을 끌고 나가는 원동력이다. 이런 즉흥적이고 스스럼없는 태도로 말

미암아 미리암은 많은 사람들을 알게 되었으며 그중 아주 친해져서 우정을 나누고 있는 사람들도 많고, 소중한 사업상의 만남을 지속하고 있는 사람들도 있다. 미리암은 자신의 인간관계망 속에서 안전감을 느낀다. 그녀의 안테나는 늘 수신 상태다. 이런 인생관이 미리암의 카리스마를 최상으로 끌어올리기 때문에 미리암은 동료들에게서도 인기가 있다. 미리암은 늘 웃는다. 그러니 많은 사람들이 미리암과 가까이하고 싶어할 수밖에. 미리암이 이렇게 사는 건 자신과 자신의 삶에 만족하기 때문이고, 이것이 다시금 미리암으로 하여금 빛을 발하게 한다.

25세가 넘은 사람은 자신이 언젠가 늙으면 입 언저리가 밑으로 처지는 것이 아니라 위로 향하는 즐거운 인상을 가지게 되길 바랄 것이다. 입가가 위로 향하는 것은 많은 세월을 만족스럽게 보낸 결과이며 입가가 아래로 처지는 것은 많은 세월을 괴롭고 체념적으로 보낸 결과라는 것은 심리학 공부를 하지 않아도 누구나 알 수 있는 사실이다. 얼굴 중에서 입 언저리처럼 지난 세월을 극명하게 드러내어 주는 부분은 없다. 이 부분은 우리가 삶의 주인공인지, 아니면 불행한 상황의 희생자인지를 보여준다.

입 언저리를 위로 올라가게 하는 사람은 아마도 삶을 즐기는 사람일 것이다. 순간순간 삶을 향유하는 것은 그리 쉬운 일은 아니다. 이것은 계속되는 모험이며 때때로 힘든 노력이 필요한 일이기도 하다. 순간을 살아라. 현재에 충실하고 즐거워하라. 지금

이 순간을 즐겨라. 이런 충고는 문학, 팝송, 심지어 성경에도 등장한다. 80세 먹은 노인들은 지나온 인생을 회고하면서 우리에게 이런 메시지를 전해준다. "전에는 삶다운 삶을 살 만한 시간적 여유가 없었지. 그런데 지금은 연금 생활자가 되어 시간은 아주 많은데 늘 하고 싶었던 일들을 하기에는 건강이 따라주질 않아." 그렇다. 우리가 늘 원했던 중요한 계획과 일들을 미뤄둬야 할 합당한 이유는 없다. 내일 무슨 일이 있을지 누가 알겠는가? 왜 지금 당장 인생의 아름다운 일들을 시작하지 않는가? 연금을 타는 날까지 기다릴 작정인가? 미래가 어떨지는 아무도 알 수 없다. 지금 당장 삶의 재미를 느끼고 매순간을 향유할 권리가 왜 없겠는가? 하루는 24시간으로 되어 있다. 한 시간 한 시간마다 향유의 순간들을 마련해보라. 자라나는 세대는 기성세대에 비해 자신의 꿈과 소망을 실현하는 일에 더 우선순위를 두고 있는 듯하여 다행이다. '현재를 살아라' 는 것은 좋은 말일 뿐더러 커다란 삶의 지혜를 품고 있는 말이다. 지금, 그리고 여기에 사는 사람은 많은 일을 미루어두지 않는다. 현재에 사는 사람은 자신의 꿈을 실현시키고 헛된 환상에 삶을 내맡기지 않는다.

물론 살다보면 억지로 해야 하는 일도 있다. 돈도 벌어야 하고 쓰레기도 내다버려야 한다. 하지만 그런 일상에서도 우리가 하고 싶은 것들을 할 수 있는 약간의 여지가 있다. 아니 우리가 어쩔 수 없이 해야 하는 의무도 우리에게 그 이상의 즐거움을 줄 수 있다. 출근길 자동차에 앉아 있는 시간을 조용히 생각에 잠기고, 즐거운 꿈을 꾸고, 저녁에 무엇을 해먹으면 맛이 있을까 생각하는 시간으로 활용할 수 있다. 또는 병원에 가서 대기하는 시간도 잃어버리는 시간이 아니라, 일상의 복잡함을 잊고 잡지를 읽거나 조용히 무엇인가를 생각하는 시간으로 보낼 수 있다. 미룬 계획은 언제 실현될지 모른다. 그러나 그 계획을 지금 실현에 옮기는 것은 삶의 영약과 같이 작용하며 입 언저리에 절로 스마일 포즈를 선사한다.

지금, 여기에 사는 여자들은 남자들에게 강하게 섹스어필 한다. 자신이 원하는 바를 알고, 성숙하며, 필요한 것들을 얻을 수 있고, 스스로 자신의 소망을 실현시킬 책임을 지는 이런 여자들은 자기만족에 넘치는 카리스마를 풍기게 되기 때문이다. 그것은 무척 가치 있는 부수효과가 아닐 수 없다.

순간에 집중하는 능력을 길러라

그러나 어떻게 하면 그렇게 살 수 있을까? 매순간을 주의 깊게 향유하며 사는 것을 어떻게 배울 수 있을까? 자신을 테스트해보라. 당신은 매 순간을 즐거워하는 재능이 있는가? 아니면 오히려 "이 다음 여유가 생기면……"이라는 핑계 아래 변명만 하고 있는가? 지금 이 순간부터 작은 걸음을 내디뎌보라.

✻ 지금 이 순간을 즐기는 비결

···▶ 매일매일 주변에 있는 무엇인가에 대해 기뻐하라. 가을이 되어 곱게 물드는 나뭇잎, 봄에 돋아나는 새싹, 나뭇잎에 맺힌 이슬방울······.

···▶ 최소한 하루 한 번 누군가에게 이유 없는 미소를 선사하라. 직장동료에게, 상사에게, 우체부 아저씨에게······. 미소는 마음의 문을 열게 한다.

···▶ 주변 사람들의 눈을 쳐다보라. 시내에서 쇼핑을 할 때에도 기운 없이 땅만 쳐다보고 걷지 말라. 마음에 드는 사람들의 눈을 바라보라. 이것은 사람들을 솔직하게 대하는 훈련이 될 것이고, 사람들은 그런 당신에게 상냥하게 대할 것이다.

···▶ 매일매일 의식적으로 기쁜 일을 만들라. 특별한 일이 아니라도 좋다. 퇴근 후 아이쇼핑을 한다든지, 마음 잘 통하는 친구와 전화로 한바탕 수다를 떤다든지, 즉흥적으로 점심 약속을 한다든지······. 이 모든 것은 일상에 즐거움과 활력을 준다.

···▶ 하고 싶은 일이 무엇인지 생각해보라. 당신의 숨겨진 꿈은 무엇인가? 글을 쓰고 싶은가? 탱고를 배우고 싶은가? 더 많은 남자를 알고 싶은가? 원하는 것을 알아야 목표를 이룰 수 있다.

···▶ 중요한 일들을 너무 오래 미루지 말라. 현재를 살라. 책상이나 냉장고에 중요한 일을 먼저 하라는 쪽지를 붙여놓으라. 그것은 당신으로 하여금 쓸데없는 일에 정력을 낭비하지 않도록 도와줄 것이다.

···▶ 나쁜 기분 응급처치 프로그램을 개발하라. 기분이 울적할 때 영화관에 가거나, 산책을 하거나, 조깅을 하는 등 기분전환을 하라. 우울함이 삶의 즐거움을 망치지 않게 하라.

···▶ 외부적인 조건에 너무 휘둘리지 말라. 만족스런 삶을 살기 위해 당신은 부자일 필요도, 성공할 필요도, 결혼할 필요도, 자녀를 네 명 거느릴 필요도 없다. 만족은 외적인 조건보다는 내면 자세에 달려 있다는 사실을 잊지 말라. 행복은 가지고 있는 것, 그리고 가지고 싶은 것 훨씬 이상이다.

4. 자신만의 이미지를 창출하라

범례

자신의 행동에 관한 한 그녀는 아무것도 우연에 내맡기지 않는다. 그것은 그녀의 직업 때문일 수도 있다. 그녀는 미술 매니저로 기업에 자신이 선택한 미술작품을 설명하고 선전한다. 가능하면 기업이 많은 그림을 구매하도록 말이다. 그녀는 미술작품의 질을 최상으로 조명하고 부각시키는 법을 알고 있다. 그녀는 의식적으로 아는 사람들을 언급하며 지난 번 여행길에 들렀던 환상적인 도시들에 대해 이야기한다. 그녀의 옷차림과 외모는 눈에 띈다. 다른 사람들도 많이 입는 흰 블라우스와 회색 치마를 입었는데도 그녀의 분위기는 왠지 독특하다. 터키석과 자패 진주로 된 대담한 목걸이 때문일까, 아니면 그 위에 걸친 초록색 양가죽에 오렌지색 안감을 넣은 가죽 재킷 때문일까? 그녀가 나타나면 주변세계는 가볍게 술렁인다. 그녀가 다른 사람에게는 없는 무엇인가를 가지고 있기 때문이다. 그녀는 교환 불가능한 독특한 사람이며, 지성과 매력과 카리스마가 넘친다. 그녀의 이름은 그대로 브랜드가 되었다.

자신에게 최상의 조명을 비추라

바야흐로 '셀프 브랜딩Self-Branding'이 중요한 시대가 되었다. 셀프 브랜딩은 비교적 새로운 개념으로 간단히 말하면 자신을 브랜드, 즉 메이커로 만들고 선전하는 것이다. 많은 매력 있는 사람들이 세간의 이목을 집중시키는 시대에 우리는 주목을 끌기 위해 더 많은 것을 해야 할 것 같은 강박을 느낀다. 우리는 이미 제1장에서 여자들이 관심을 받고 주목받는 것을 얼마나 원하는지를 살펴

보았다. 다른 사람의 관심과 흥미의 대상이 되고 싶어하는 것이
다. 그렇게 되기 위해 우리는 부모세대보다 더 많이 애쓴다. 세련
된 옷차림에 몸매도 날씬하고 탄력 있게 가꾸어야 한다. 자기 PR
은 점점 중요해지고 있다. 소심하고 내성적인 사람들은 어려워하
지만 자기 PR은 가치가 있다.

《실패하지 않는 자기연출 30분》이라는 조언서에 보면 직장에
서의 성공은 세 가지 요소에 달려 있다. 10퍼센트는 능력, 30퍼센
트는 이미지와 스타일, 60퍼센트는 주목을 끌고 관심을 끄는 것이
그것이다. 이미지가 성공의 핵심축이며 구심점이 된다는 것이다.
이미지는 직장에서의 성공뿐 아니라 사랑의 성공에도 핵심적인
역할을 한다. 자신에 대해 주위를 환기시키는 사람은 눈에 띨랑
말랑 하게 앉아 있는 사람보다 남자들과 더 많은 접촉을 하게 된
다. 구석에 웅크리고 앉아 있는 사람은 누구의 주목도 받지 못한
다. 관심을 받기 위해서는 뭔가 자신에 대해 주목해달라는 (말없
는) 호소가 있어야 한다. 행동연구가 크리스티안네 트라미츠는 여
자들이 주목을 끌기 위해 (무의식적으로) 자신의 신체를 어떻게 활
용하는가를 연구했다. 그것은 다음과 같은 것들이다.

✱ 여자들이 보내는 신호

⋯▸ 짧은 그러나 반복되는 시선으로 신호를 한다. 이
것은 "나는 네게 관심이 있어"라는 표시다. 그런 시

선을 받는 남자들은 그 여자에게 다가가 말을 걸어
야 할 것처럼 느낀다.

⋯▶ 치마와 스웨터를 자꾸 잡아당기고 초조해한다.
이것은 대화 상대자가 마음에 든다는 증거다.

⋯▶ 대화 중에 상체를 약간 앞으로 숙인다. 이는 상
대방에게 공감하고 있다는 속일 수 없는 표징이다.

이 세 가지 예는 여자가 보내는 전형적인 신호이다. 남자에게
관심을 갖기 시작한 여자가 능동적이 되어 바디 랭귀지를 통해
관심을 표명하는 것이다. 자신을 선전하는 것은 이런 바디 랭귀
지를 투입하는 것에 다름 아니다. 두려워하지 않고 존중과 시선
을 받는 것은 재능이다. 존경을 받지 못하고 다른 사람의 인정을
받지 못하는 사람은 삶이 공허하게 느껴지며 있으나마나 한 사람
처럼 느끼게 된다. 그러므로 자기를 연출하고 이미지를 창조하는
것은 자존감을 얻기 위해 중요한 수단이다.

우리는 관심을 갈구하는 존재로 창조되었다. 재미있는 것은
아기도 부모의 관심을 받으려 애쓴다는 것이다. 그러다 사춘기가
되면 동년배 집단의 인정을 받고자 애쓴다. 그리고 어른이 되면
주목을 받고자 하는 욕구는 거의 밑 빠진 독이나 다름없이 커진
다. 우리의 자존감은 계속적으로 관심을 받고 있다는 확인에 근
거한다.

하지만 최상의 조명으로 자신을 비추는 충분한 재능이 없는 사람은 어떻게 할까? 자기를 선전할 거리가 별로 없다면? 그러나 염려하지 말라. 자신을 선전하기 위해 어려운 것을 마련해야 하는 것은 아니다. 멋진 자동차와 값비싼 시계, 호화로운 여행은 필요하지 않다. 작가이자 심리학자인 우어줄라 누버는《오늘의 심리학》지에 실린 기사에서 자기를 선전하는 긍정적인 테크닉을 정리해놓았다. 뒷전에 머무르는 데 익숙한 여자들에게 자신을 조명하는 쪽으로 한 발 전진하는 것은 의미 있는 일일 것이며, 당신이 사귀고 싶어하는 남자들은 그에 대해 보답할 것이다.

✻ 자기를 선전하는 테크닉

···▶ 자신을 칭찬하고 다른 사람 앞에서 "내가 그 일을 해냈다"고 조용히 말하라. 아니면 다른 사람으로 하여금 당신을 칭찬하게 하라.

···▶ 높은 자존감을 내보이며 약간 과장하라. 어떤 방법으로 이런저런 성공을 이끌어냈는지 자랑하라. 성공한 일을 행운 탓으로 돌리지 말고 개인적인 업적으로 돌리라.

···▶ 이따금 자신의 능력을 내보일 필요가 있다. 다른 사람들이 당신의 능력을 늘 염두에 두고 있을 것이라고 생각지 말라.

···▶ 당신의 매력을 강조하라. 심리학자 한스 디터 무멘다이는 여자가 자신을 아름답고 매력 있고 다른 사람이 탐낼 만하게 만든다면 돈처럼 "보편적으로 활용할 수 있는 자원"을 갖게 되는 것이라고 강조했다.

···▶ 자신이 믿음직스러운 사람임을 강조하라. 다른 사람으로부터 신용 있는 사람으로 평가받는 사람은 지속적인 유익을 얻게 될 것이다.

···▶ 솔직하게 대하라. 자기 이야기를 허심탄회하게 털어놓고 자신을 투명한 사람으로 만드는 사람은 사랑받을 것이고, 다른 사람들 역시 이런 사람 앞에서 솔직해야 할 의무를 느끼는 법이다.

···▶ 자신의 불완전함을 내보이라. 자신의 약점을 강조하는 사람은 상대방으로 하여금 공감을 느끼게 하고 보호본능을 불러일으킨다. 이것은 특히 남자들에게 탁월한 효과를 발휘한다.

···▶ 도움이 필요한 사람으로 보이라. 효과는 바로 앞에서 말한 대로다

···▶ 인간관계를 통해 자신의 가치를 격상시키라. 괜찮은 사람들을 많이 알고 있는가? 인간관계 네트워크에 신경을 쓰라. 유명인의 이름을 흘리는 것은 자

신의 말을 신빙성 있게 만드는 데 탁월한 효과를 발휘한다.

…▶ 사랑받는 사람이 되라. 다른 사람에게 관심을 갖고 도와주고 이야기를 잘 들어주라. 좋아하는 사람에게 케이크를 구워다 주라. 이런 작은 제스처들은 스스로 인정받고 사랑받는 데 도움이 될 것이다.

…▶ 지위와 돈과 생활 형편에 관한 한 과장하지 말고 겸허한 태도를 보이라. 이런 것들을 다른 사람들 앞에서 과시하는 것은 이미지상 그다지 좋을 게 없다.

이 모든 전략에서 중요한 것은 언제나 믿음직스러운 사람이 되는 것이다. 원래의 자기 모습에서 너무 벗어나지 말라. 사람들은 섬세한 직감을 갖고 있어서 어느 것이 진짜고, 어느 것이 인공적으로 꾸민 것인지 금방 분별한다. 그러나 평소 자신이 가진 장점에 집중하는 사람들은 억지로 꾸미지 않아도 자신에게 최상의 조명을 선사할 수 있을 것이다.

자신을 점검해보라. 내가 가진 강점이 무엇인가? 나의 내적인 능력과 외적인 능력은 무엇인가? 자기만의 이미지를 창출하기 위해 무엇을 이용할 수 있을까?

이와 관련하여 남녀관계에서 하나 중요한 것이 있다. 그것은 바로 남자들은 자신 있고 자기 삶을 책임질 줄 아는 여자를 좋아하지만, 그렇다고 자기 이야기만 하고 자신을 연출하는 데만 지나치게 집중하는 여자는 참을 수 없다고 느낀다는 것이다. 그렇다. 좋은 것도 도가 지나치면 안 되는 것이다. 마티아스는 이렇게 말한다.

내 여자친구는 완전히 천사였어요. 최소한 처음 사귈 때는 말이에요. 아주 사랑스럽고 배려가 넘치는 여자였지요. 우리는 서로 아주 잘 통했어요. 그 친구가 새로운 직장을 얻기까지는 말이에요. 그런데 가구 회사의 지점장으로 직장을 옮기면서 그녀는 아주 다른 사람이 되었어요. 그녀는 직장에서 승승장구했고 그에 대해 계속 떠들어대기 시작했어요. 가장 안 좋았던 것은 그 후 나를 아랫사람 부리듯 하기 시작했다는 것이에요. 이거 해라 저거 해라. 이건 아직 안했나? 저건 아직 안 했나? 상태는 점점 심해졌어요. 1년쯤 지나자 나는 참을 수 없을 정도가 되었고 그녀와 헤어졌어요. 갑작스런 이별선언에 그녀는 세상이 허물어지는 것 같은 충격을 받은 것 같아요. 그녀는 자신이 얼마나 스스로에게만 몰두하고 있는지를 알지 못했으니까요. 나는 그녀에게 넌 너 자신밖에 모른다고 말했지요. 심한 말이었지만 사실이었어요.

마리나는 마티아스의 이야기에 동감한다. 그녀 자신이 마티아스의 여자친구가 범한 실수를 범할 뻔했던 것이다.

내가 처음 남자친구를 사귀었을 때 우린 둘 다 시간적으로 여유가 있었어요. 그의 일이야 원래 여유가 있는 일이었고 나는 당시 프리랜서로 일했으니까요. 우리는 모든 일을 함께했어요. 함께 장을 보고 요리하고 친구들을 초대하고……. 둘이 함께하는 시간은 정말 즐거웠어요. 그런데 얼마 안 있어 나는 매력적인 일자리를 제안받았지요. 프리랜서가 아니라 대기업에서 풀타임으로 일하는 조건이었어요. 그 일을 하게 되면 남자친구와 함께하는 시간이 대폭 줄어들게 될 것이었지만 그 자리를 수락해야 한다는 것은 확실했어요.

나는 남자친구와 상의했어요. 그리고 내가 이제부터는 그렇게 많은 시간을 낼 수 없다는 것을 알렸지요. "난 스트레스 받아 종종 신경질을 부릴지도 몰라. 저녁에는 너무 피곤한 나머지 아무 이야기도 하지 않고 침대에 곯아떨어질 거야. 주중에 세 가지 코스 메뉴를 요리할 시간도 없을 거야. 그래도 괜찮겠어? 어떻게 생각해?" 내 말에 남자친구는 아주 관대하게 반응했어요. 그는 자기 의견이 어쨌든 그 일을 하고 싶은 게 아니냐며 최소한 한동안은 커리어 우먼을 외조해줄 용의가 있다고 했어요. 나는 힘들어지면 그에게 솔직하게 말하라고 했지요. 물불을 가리지 않고 성공만을 원하는 여자로 비춰지고 싶지는 않았으니까요.

아니나다를까 풀타임으로 일한 지 얼마 안 있어 우리의 관계를 거의 파국으로 몰아갈 뻔한 몇몇 사건이 잇따랐어요. 나는 그런 시간들을 굉장히 힘들게 보냈어요. 직장에서도 업무 부담으로 힘든 시간들이 이어졌지요. 하지만 다행히 남자친구와 나는 서로 대화를 했어요. 6개월에 한 번씩 우리의 현 위치를 점검했거든요. 우리가 어디에 위치해 있고, 어디로 갈 것인가? 우리의 관계는 좋은가? 한번은 둘이 많이 서먹서먹해진 것 같은 기분이 들었어요. 정말 끔찍했어요. 남자친구는 나를 피하는 듯했지요. 나는 망설이지 않고 4주간의 휴가를 받았어요. 그리고 함께 여행을 떠났지요. 여행에서 나는 그가 내게 얼마나 중요한 사람인지를 보여주기 위해 최선을 다했어요. 그리하여 우리는 위기를 극복했어요. 나는 이런 일을 통해 한 가지를 배웠어요. 남자는 자신이 여자에게 가장 중요한 존재라는 느낌을 원한다는 사실이에요. 자아실현도 좋지만 사랑보다 중요할 수는 없지요.

5. 사냥당하지 말고 사냥꾼이 되라!

범례

어떤 여자들은 자기를 장난감 공으로 만들고 어떤 여자들은 자신이 지휘봉을 휘두른다. 인기 드라마 〈섹스 앤 더 시티Sex and the City〉

의 주연 배우 캐리는 후자에 해당하는 여성이다. 캐리가 세 여자 친구와 대화하는 주제는 단 한 가지, 남자들에 관한 것이다. 캐리는 그녀의 노획물(남자)을 헐뜯으며 현재의 단조로움에 대한 불평을 늘어놓고 잘생긴 남자들에게 뻔뻔하고 대담한 시선을 던진다. 캐리는 탁월한 사냥꾼이다. 괜찮은 먹이를 보는 눈이 있으며 먹이를 발견하면 살금살금 다가가 집어삼켜 버린다.

보통 여자와 사냥꾼의 차이점

남자와 여자의 짝짓기는 노아의 방주만큼 오래되었다. 거기서 새로운 것은 남자의 시선을 받을 때 더 이상 부끄러워하며 땅만 쳐다보지 않는 여자들이 생겨났다는 사실이다. 이런 여자 사냥꾼들은 같은 눈높이에서 남자들을 찾는다. 자신감 있게 나아가 먼저 접촉을 시작한다.

그렇다면 당신은 과연 사냥꾼 소질이 어느 정도나 될까? 다음은 사냥꾼이 구비해야 할 태도다. 스스로 진단해보라.

✻ 사냥꾼 소질 테스트

····▶ 사람들 앞에 나서는 것을 거리끼지 않는다. 자신감 있게 나아가 사람들의 시선을 받는 것을 좋아한다.

····▶ 적극적이고 주도적이다.

⋯▸ 노획물의 상황을 살필 줄 아는 눈을 가지고 있다. 바에 혼자 앉아 있는 남자, 자전거를 타고 가다 목말라 문 앞에서 서 있는 잘생긴 남자. 사냥꾼은 노획물이 어디 있는지 낌새를 잘 맡는다.

⋯▸ 노선에서 이탈하지 않는다. 한번 노획하고자 마음을 먹었으면 사냥에 집중한다.

⋯▸ 불량 노획물을 알아채는 능력이 탁월하다. 남자가 전화를 안 하는가? 바람을 맞히는가? 밖에 서서 기다리게 하는가? 좋다. 쓸모없는 노획물인 것이 판명되었으므로 당장 떼어버린다.

⋯▸ 문밖으로 나가 사냥한다. 노획물이 저절로 자기 집으로 굴러 들어오기를 기다리지 않는다.

⋯▸ 현실적인 꿈을 꾼다. 그리고 원하는 바를 실행에 옮긴다.

⋯▸ 노획물을 얻을 확률을 높이기 위해 무리를 이루어 다니기를 좋아한다.

⋯▸ 흔적 찾기의 대가이다. 노획물이 체류하기를 좋아하는 곳에 발걸음을 멈춘다.

⋯▸ 노획물이 없이 집으로 돌아온다 해도 실망하지 않고 다음 기회를 노린다.

사냥꾼으로 거듭나기

수줍어하는 사람은 사냥꾼이 될 수 없다. 하지만 〈섹스 앤 더 시티〉의 주연 배우 같은 사냥꾼의 잠재력을 타고나지 못한 사람은 어떻게 할까? 다음 열 가지 조언이 당신을 변화시킬 것이다. 수줍음에 대항하는 전략들이다.

✽ 사냥꾼으로 거듭나기 위한 비법

···▶ 지나친 수줍음을 용납하지 말라. 모든 여성은 자신을 연출할 능력이 있음을 명심하라.

···▶ 컨디션이 좋을 때만 사냥에 나서라. 영리한 사냥꾼은 후회나 상심 같은 감정은 집에서 해결한다.

···▶ 두려움과 자기 의심을 의식적으로 억제하라. 여자들은 자꾸만 자신을 심판대 위에 올리려는 경향이 있고 자신의 약점에 주목하는 경향이 있다. 그리하여 자신을 자꾸만 과소평가하려 한다. 자신에 대해 너그러워져라. 사람들을 두려워하는 마음을 잠재워보라.

···▶ 언제 자신이 가장 예뻐 보이는가? 어느 때 자신을 거리낌 없이 표현할 수 있는가? 특정한 친구들과 함께할 때인가? 아니면 술 한 잔 곁들일 때인가? 아니면 특정한 컨디션이 필요한가? 자신이 가

장 예뻐 보일 때, 만족스러울 때 행동을 개시하라.

…▶ 자신에게 너무 부담을 주지 말라. 한 주 사이에 순한 양에서 강탈하는 늑대로 변신할 수는 없다. 시간적 여유를 가지고 대담한 사냥꾼으로 거듭나라. 인내심을 가지라.

…▶ 작은 성공이 모여 큰 성공을 이룬다. 오늘 낯선 남자를 1초 이상 응시했는가? 브라보!

…▶ 자신의 성공을 보장하는 영역을 찾으라. 당신은 요리 솜씨가 뛰어난가? 아니면 케이크 굽는 솜씨가 일품인가? 자신 있는 부분을 가지고 사람들을 초대하라. 그것은 자신감을 갖는 데 많은 도움이 될 것이다.

…▶ 친구들 가운데서 믿는 친구나 본받을 만한 친구를 찾아 상담하라. 자신의 필요에 대해 말하고 그 친구의 코치를 받으라. 다른 사람의 시각을 아는 것은 도움이 된다. 그것은 당신이 자기 의구심에 혼자 괴로워하지 않도록 도와줄 것이다.

…▶ 자신의 신체 안테나를 수신 상태로 바꾸라. 팔과 손을 편안히 하고, 고요하게 다른 사람을 바라보라. 절대로 다리를 꼬거나 앞으로 팔짱을 껴서는 안 된다. 신선한 공기 속에서 규칙적으로 운동을 하는

것은 신체를 한층 이완시키고 유연하게 만들어줄
것이다.

⋯▸ 그러나 이와 더불어 약간의 수줍음은 매우 섹시
해 보일 수 있다는 사실을 기억하라!

6. 쾌락을 적극적으로 즐기라

범례

그녀는 요염하게 보이는 것을 좋아한다. 그리고 늘 주저하지 않
고 다가갈 수 있는 남자들을 찾는다. 그녀에게 있어 신체적인 사
랑은 특별한 즐거움을 안겨주는 놀라운 언어다. 그녀는 자신의
쾌락의 진원지는 물론 남자의 쾌락의 진원지도 잘 알며, 오르가즘
을 위해 적극적으로 노력한다. 자신의 신체에 쾌락을 허락하고
욕구를 분명하게 표현하며 소망을 실현하는 것을 결코 미루지 않
는다.

남자들에게 어필하는 여자들은 대부분 충만한 성생활을 약속
하는 여자들이다. 섹스에 재미와 쾌락을 느끼고, 그것을 괴로운
의무로 보지 않는 여자들. 1950년대 경에는 여자가 성적 욕구를
표현하는 것이 터부시되었다. 하지만 오늘날 사정은 달라졌다.
바야흐로 새천년을 살고 있는 시점에 우리는 성에 대해 좀더 편

안한 태도를 취할 수 있게 되었으며 새로운 자신감을 갖게 되었다. 그리하여 우리는 편하게 배꼽 아래에서 원하는 바를 얘기할 수 있다. 그렇지 않다고?

이론적으로 볼 때는 그렇다. 오늘날 우리는 충만한 성생활을 영위할 수 있는 많은 가능성들을 가지고 있다. 심지어 방송 등에서 너무나 성적인 메타포를 강조하다 보니 오늘날 섹스는 심지어 마가린 선전에도 등장하는 흔하디흔한 것으로 전락해버렸다. 모든 것이 적나라하게 노출될 때 은밀한 매력은 사라진다. 섹스는 약간 금기시되고 외설적인 것으로 여겨질 때 더 커다란 매력을 행사한다. 남녀를 막론하고 마찬가지다. 따라서 상품으로서의 섹스가 난무하는 이런 시대에는 섹스에 대한 건강한 자기평가가 필요하다. 섹스는 내게 어떤 의미가 있는가? 그것은 내게 얼마나 중요한가? 그리고 그것과 관련하여 나는 어떤 파트너를 필요로 하는가? 자신에게 물어보라.

당신에게 섹스가 가지는 의미

✽ 성적 욕구 테스트

⋯▸ 하루에 몇 번이나 섹스에 대해 생각하는가?

⋯▸ 얼마나 자주 섹스를 하고 싶은가?

····▶ 실지로 얼마나 자주 섹스를 하는가?

····▶ 자신의 섹스에 만족하는가? 만족하지 않는다면 무엇이 부족한가?

····▶ 파트너와 그에 대해 이야기해보았는가?

❋ 성적 잠재력 테스트

····▶ 성적인 소망을 보일 용기가 있는가?

····▶ 자신의 성생활이 변할 수 있다고 생각하는가?

성별에 따라 섹스가 조금 다른 것으로 받아들여진다는 것은 연구를 통해 이미 충분히 증명된 사실이다. 여자들은 좋은 섹스를 친밀함과 애정이 넘치는 은밀한 만남이라고 생각한다. 그래서 전희를 길게 하는 것을 좋아하며, 본행위는 드라마틱하기를 바라고, 본행위가 끝난 후에도 부드러운 애무가 계속되는 것을 좋아한다. 그에 반해 남자들은 여자들보다 결과에 더 고착되어 있다. 남자들에게는 격렬하게 지나가는 오르가즘이 중요하다. 그것을 단적으로 표현한 것이 바로 '여자들은 사랑하기 위해 섹스를 하고, 남자들은 섹스를 하기 위해 사랑한다'는 말일 것이다. 그러나 섹스가 재미가 있어야 하며 힘들지 않아야 한다는 점은 남녀 모두에게 공통사항일 것이다. 섹스는 가능하면 매력적인 것이라야 하고 부담스러운 것이 아니어야 한다. 침대는 힘든 스포츠를 위한 경기장이 아니라 (바라건대) 두 육체가 특별한 방식으로 서로 의사소통을 하는 장소이다.

보통 독일 사람들은 이런 방식의 '의사소통'을 평균 1주일에 한 번 하는 것으로 나타났다. 21세에서 45세 사이의 사람들이 특히 적극적이어서 《오늘의 심리학》지의 설문조사 결과 이 연령대의 50퍼센트 정도는 1주일에 여러 번의 섹스를 하는 것으로 나타났다. (한국의 경우 역시 평균 1주일에 한두 번 성생활을 하고, 특히 20세에서 40세 사이의 사람은 네 번 이상 하는 것으로 나타났다.) 응답자 중 매일 섹스를 한다고 대답한 사람은 남자의 경우 마흔 명 중의 한 명, 여자의 경우 1백 명 중의 한 명꼴이었다. 여자의 16퍼센트와 남자의 9퍼센트는 전혀 섹스를 하지 않는다고 대답했다. 섹스에 대한 만족감은 놀랄 만큼 높은 것으로 나타났다. 응답한 남녀 50퍼센트가 성생활에 대해 만족 내지 대만족하고 있으며 7퍼센트 정도만이 불만족스럽다고 대답했다. 그러나 남자 네 명 중의 한 명, 여자 세 명 중 한 명꼴로 만족감에 대한 질문에 대답하지 않은 것으로 나타났다.

그러므로 섹스는 오늘날에도 아직 신비한 것인가? 그렇다! 프로이트는 성적 충동이 우리의 행위를 좌지우지한다고 보았다. 그러나 프로이트가 죽은 지 80년이 지난 오늘날 학자들은 그에 대해 약간 상대적인 평가를 내린다. 섹스는 매우 개인적인 문제라서 그 중요성도 완전히 다양하게 평가되어야 한다는 것이다. 섹스를 기꺼이 포기할 수 있는 여자들도 있으며 한 달이라도 섹스를 하지 않으면 거의 돌아버릴 지경이 되는 여자들도 있다. 그러나 개인차야 어떻든 성욕이 인간의 기본 욕구 중의 하나라는 사실은 틀림없다. 물론 섹스는 먹고 마시고 잠을 자야 하는 것처럼 필수사항은 아니다. 하지만 그럼에도 불구하고 섹스의 긍정적 효과는 잘 알려져 있다. 세상에서 가장 근사한 일 중 하나가 바로 신체를 순수한 호르몬 샤워에 맡기는 것이다. 섹스는 긴장을 풀어주고 안정감을 주며 면역체계를 안정시킨다. 느낌이 좋고 황홀한 이상 아무리 많이 해도 지나치지 않다.

솔직한 섹스, 당당한 섹스를 위하여

다시 여자들에게로 돌아가자. 《배드 걸 섹스Bad Girl Sex》와 같은 책에서는 원하기만 한다면 거칠고 진보적인 섹스를 즐기라고 권장한다. 인기 있는 팝스타들은 뮤직 비디오에서 엉덩이를 흔들고 팔다리를 벌리며 성행위를 암시한다. 물론 그것은 가능하면 음반을 많이 팔기 위한 쇼다. 그럼에도 불구하고 팬들은 다르게 느낀다. 그 퍼포먼스를 개인적으로 해석하고 엄청나게 섹시해지지 않으면 안 될 것 같은 기분이 된다. 다른 한편 20대를 중심으로 자신을 성상품으로 시장에 내놓는 것에 관해 거부적인 태도가 나타나고 있다. 많은 젊은이들은 그보다는 대학 공부와 자아실현을 더 중요하게 생각하고 있다.

섹스에서 서투른 단계를 넘기고 어느 정도 남자 경험이 있는 서른 넘은 여자들에게 섹스는 점점 더 매력적인 것으로 다가온다. 서른이 넘은 여자들은 자신의 성적 가능성을 완전히 펼치기 시작한다. 이때쯤 갑자기 실험적 섹스를 감행하고 정부를 두며 밑 빠진 독처럼 성적 만족을 추구하는 여자들이 있다. 여자들이 섹스 문제에서 점점 적극적이 되고 있는 것은 사실이다. 여자들의 성생활이 경직되지 않고 이처럼 자유분방했던 때는 예전에 미처 없었다.

하지만 그럼에도 불구하고 아직은 자신의 소망을 표현하는 여자보다는 그렇지 못한 여자가 많다. 《엘르》지에 실렸던 「이기주의자는 침대에서 더 많은 재미를 본다」라는 제목의 기사는 사랑에 더 정직함이 필요함을 역설하는 작가 요제프 키르슈너의 말을 인용한다. 키르슈너는 "에로틱한 이기주의 편에 서는 여자는 파트너로 하여금 최대 출력을 내게 할 것이다"라고 한다. 분명한 것은 여자가 성생활에 좀더 적극적이 되면 파트너를 자극한다는 것이다.

따라서 무엇을 원하는지를 표현하는 것이 양편 모두에게 요구된다. 물론 그러기 위해서는 약간의 수치심을 극복해야 한다. 때로는 쉽지 않을 수 있다. 상대방에게 상처를 줄 수도 있고 소심한 남자로 하여금 거부감을 유발할 수도 있다. 하지만 에로스적 행위는 명확한 의견 표명을 통해 더욱 유익을 얻게 될 것이다.

그렇다면 더 만족스러운 성생활을 위해 당신이 할 수 있는 것은 무엇일까? 어떻게 쾌락을 촉진할 수 있을까?

✳ 쾌락을 위한 어드바이스

···▶ 혼자 있을 때에도 섹시한 여자가 되라. 섹스는 섹시해지는 것과 떼려야 뗄 수 없다. 누구나 매순간 섹시해질 수 있다. 섹시해지는 것은 당신 곁에 한 남자가 알랑거리느냐 아니냐와 상관이 없다.

···▶ 자신의 관능을 북돋우는 일을 해라. 야한 속옷을 산다든지, 혼자서 에로틱한 영화를 본다든지, 사우나에 가든지, 마사지를 받든지, 메이크업을 받으러 다닌다든지……. 늘 관능을 돌보는 사람은 보상을 받을 것이다. 관능적인 여자가 되는 것은 자연스럽고 어느 정도 개성이 가미되어야 하는 것이지 갑자기 억지로 꾸민다고 되는 것이 아니기 때문이다.

···▶ 신체를 사랑스럽게 다루라. 신체는 마구 써도 되는 기계가 아니라 세상에 하나뿐인 독특한 선물이다. 자신의 필요를 채우고 충분한 운동으로 좋은 신체 컨디션을 유지하도록 하라. 연구에 의하면 이 모든 것은 성욕을 증진시킨다.

⋯▶ 살을 뺀다고 신체를 너무 혹사시키지 말라. 쾌락은 머리와 배와 가슴과 복합적인 호르몬에 의해 조종되는 것이지 허리 사이즈가 24인치인가, 28인치인가와는 상관이 없다.

⋯▶ 자신을 어루만지며 성감대를 발견하라. 자신의 성감대를 알고 어루만지는 것은 자극적이고 유익한 일이다. 대부분의 여자들은 스스로 오르가즘 능력을 개발한다. 그것은 파트너와의 관계에도 유익하다.

⋯▶ 꿈을 꾸라! 당신이 섹스를 얼마나 원하는지를 상상하라. 스스로 간절히 원하는 사람만이 먼저 목표에 도달한다.

⋯▶ 첫번째 데이트인가? 그러면 너무 무겁게 먹지 말라. 적당량의 알코올 섭취는 좋다. 너무 진지한 이야기는 피하고 자신의 문제에 대해서만 이야기하는 것도 피하라. 밝은 분위기를 조성하라.

⋯▶ 오래된 부부라면 이따금 에로틱한 분위기를 연출하는 데 신경을 쓰라. 침대보를 새것으로 바꾸고, 침대 옆 테이블에 향초를 켜고 감미로운 음악을 틀라. 그것은 에로스적 흥분을 낳을 것이다. 아이들이 있을 경우는 섹스를 계획적으로 하는 것이 중

요하다. 성생활의 침체기인가? 아이들이 부부 침대로 박차고 들어오는 바람에 전혀 기회가 없는가? 그렇다면 할머니를 투입할 때다.

···▶ 파트너와 가끔 거리를 갖고 낯설어지는 순간들을 마련하라. 거리 둠이 없이는 가까워지고 싶은 욕구도 일어나지 않는다.

···▶ 파트너에게 신비한 여인으로 남도록 노력하라. 당신의 파트너는 친구가 필요한 것이 아니다. 그러니 당신의 시시콜콜한 문제까지 알릴 필요가 없다. 약간 미지의 존재로 남는 것이 자극과 호기심과 관심을 높인다. 섹스를 자극적으로 만드는 것은 친숙함보다는 생소함이다.

···▶ 성적 소망들을 감추지 말라. 원하는 것을 표현하라. 표현할 때는 장난기 있고 약간은 외설스럽게 말하는 것이 좋다. 부부 모임 같은 데서 파트너에게 귓속말로 애교스럽게 이야기하든지, 아니면 퇴근 시간이 다가올 무렵 장난전화를 하라. 이 모든 것은 상대방에게 '욕망' 하고 있음을 보여준다.

···▶ 파트너와 마주앉아 성적으로 꿈꾸는 장면들에 대해 대화를 해보라. 해당 책이나 비디오를 보며 영감을 받는 것도 괜찮다. 그것은 재미를 주고 흥분시

킬 것이다.

⋯▶ 섹스를 할 때만 상대방의 신체에 관심을 가질 것이 아니라 평소에도 쓰다듬고 빨고 물고 애무하라. 절정에 이르는 놀라운 길이 마련될 것이다.

⋯▶ 모든 섹스가 오르가즘으로 끝나지 않더라도 불안해 하지 말라. 너무 신경 쓰고 힘들이지 말고 즐기라.

⋯▶ 배란기를 이용하라. 대부분의 여자들은 생리 주기의 중간쯤에 성욕이 가장 강하다.

⋯▶ 섹스에 관한 이야기보다 더 거짓되고 과장이 심한 것은 없다. 허풍쟁이의 말에 휘둘리지 말라. 모두 각자의 리듬이 있는 법이다. 중요한 것은 자신과 파트너가 서로 만족하는 것이다. 당신만이 당신의 규칙을 정할 수 있다.

⋯▶ 섹스가 유희라는 것을 잊지 말고 즐겁게 임하도록 하라. 성적으로 여러 가지를 시험해보라. 미리부터 포기할 이유는 없다.

⋯▶ 섹스를 할 때는 머리를 비우라. 섹스를 하면서 세금신고 같은 문제를 생각하는 사람보다 어리석은 사람은 없다. 또한 시부모님이 이번 주 일요일에 점심을 먹으러 온다고 했는데 뭘 준비하지? 하는

등의 생각도 하지 말라. 즐거운 섹스를 위해서는 몰입과 자유와 뻔뻔스러움이 필요하다.

7. 언제나 유연한 자세를 취하라

범례

지금 그녀는 사귀는 남자가 없다. 완벽한 싱글이 된 건 1년 전이다. 처음에는 싱글로 사는 것이 겁났다. 그러나 사랑은 갔고 그녀는 혼자 남겨졌기에 다른 선택은 없었다. 처음에는 새로 얻은 자유에 어떻게 대처해야 할지 아득했지만 차차 상황을 파악했다. 그리고 어차피 주어진 시간 자신을 위해 사용해보자는 생각이 들었다. 자정까지 일했고, 외출하고 싶을 때 외출했다. 친구들을 만나 수다를 떨었고 자신의 가치를 재확인했다. 사실 처음 남자와 헤어졌을 당시엔 무척 자신감을 상실했는데, 1년쯤 그렇게 지내자 다시 자신감이 차오르기 시작했다. 그리고 지금은 "전진해! 늦든 빠르든 언젠가는 새로 사랑을 할 수 있을 거야"라고 말할 수 있게 됐다.

독일인의 2/3는 싱글로 산다. 공식적인 통계에 의하면 결혼 적령기를 넘긴 여자 중 싱글의 비율은 약 12퍼센트라고 한다. 같은 연령대 남자들의 경우 싱글의 비율은 20퍼센트에 이른다. (통계청 자료에 의하면 2000년 기준 한국인의 싱글 비율은 30.1%, 30대 인구 중 싱글의 비율은 19.5%를 차지한다. 그중 여자 싱글의 비율은 10.7%, 남자 싱글의 비율은 28.1%에 이른다.) 그러나 마티아스 호르크스 미래 연구소의 연구 결과 싱글로 사는 것에 만족해 하는 사람은 열 명 중 한 명밖에 안 된다고 한다. 왜 그럴까? 둘이 되고 싶은 마음은 인간의 원초적인 욕구이기 때문이다. 또한 여행을 가거나 레스토랑에서 식사를 하거나 간에 혼자보다는 둘이 더 쉽기 때문이다. 그러나 한 남자와 사랑을 했다가 쓰디쓴 실망을 경험한 여성들은 의심에 가득 차 있다.

정말로 사랑이 존재하는가? 차라리 싱글로 사는 게 좋지 않을까? 나는 한 남자와 지속적인 결혼생활을 할 만한 사람일까? 이상적인 부부관계는 현실에서는 불가능한 것일까? 우리는 주변에서 불행한 결혼생활을 하는 부부들을 너무나 많이 보아왔다. 일시적인 동거와 이혼이 판치는 시대에 지속적인 관계를 믿는다는 것은 얼마나 어려운 일인가! 하지만 그럴수록 '휴먼 브랜즈Human Brands'—트렌드 연구가 비퍼만은 이상적인 커플을 이렇게 부른다—에 대한 우리의 동경은 더 크다. 거기서 희망은 중요한 역할을 한다. 한 여자친구가 내게 이런 말을 한 적이 있다. 인생에서 가장 중요한 것은 사랑을 믿는 것이라고, 사랑이 아무리 의심스러워도 사랑을 믿는 것이라고 말이다. 나는 그 말이 맞다는 것을 안다. 사랑을 찾고자 하면 우리는 언젠가 사랑을 만나게 될 것이다. 희망을 버리면 삶은 힘들어진다. 슬퍼지고 체념하게 되며 스스로의 인생을 더 이상 신뢰하지 못하게 된다. 더 이상 아무것도 희망하지 않는 사람들은 생기 없고 우울하다. 그들은 실패가 예정된 사람들이다. 그들은 무의식적으로 그들의 믿음을 확인하고자 하며 삶에 대해 오랫동안 트집을 잡는다. 진짜로 희망이 남지 않게 될 때까지 말이다. 그리하여 계속 비탄하고 절망하게 된다. 그러나 이제 그만! 그렇게 살아서는 안 된다. 삶은 역동적이다. 천천히 질질 끌면서 흐르다가도 다시금 힘차게 전진하는 다이내믹한 과정이다. 우리는 말로 형언할 수 없는 축복으로서의 삶을 누려야 한다. 인생이 선물임을 파악할 때, 그리고 걱정이 평안으로, 정지가 운동으로, 혼자 있음이 둘이 함께함으로 변화될 수 있다는 가능성을 믿을 때 삶은 행운이 된다.

아무런 신나는 일도 없을 때, 지루한 시간들이 우리를 괴롭히고 학대할 때 어떻게 할까? 클라우디네는 이렇게 말한다.

언제나 유연한 태도를 취하는 것, 한동안 싱글로 살 때 그것은 나의 목표였어요. 다행히 많이 외롭지는 않았어요. 친구들이 있었기 때문이에요. 그렇게 나는 고독한 시기를 견뎌냈어요. 분명한 것은 나는 혼자 살도록 만들어진 존재가 아니라는 것이었어요. 물론 나는 삶을 나눌 수 있는 남자를 만나고자 했지요. 그러나 나에게 딱 맞는 최고의 남자는 아무 데나 있지 않았어요. 몇 사람 잠깐씩 만나다가 나는 누군가를 사귀는 것이 그렇게 쉬운 일이 아니라는 것을 깨달았지요. 이렇게 지내다간 친구들 주변에 있는 모든 총각들을 만나고, 모두에게 실망하게 될 것 같았어요.

나는 그렇게 싱글로서의 좌절기를 보냈어요. 그러다가 어느 순간 어느 아름다운 여름날 기분 좋게 차를 몰고 시골길을 질주하다가 내가 언젠가는 다시금 사랑에 빠질 것이라는 영감을 느꼈어요! 그것은 어떤 신탁처럼 주어졌어요. 나는 약속을 받은 것 같았어요. 다시 사랑에 빠질 것이고 다시 사랑받을 것이라는 약속을……. 그 순간은 나로 하여금 다시금 희망을 가질 수 있도록 했어요. 나는 기쁨에 차 싱글로 지내는 기간을 유익한 과도기로 활용하기로 했어요. 그리고 싱글 상태를 즐기기 시작했지요. 충분히 휴식했고, 우정을 쌓았고, 독서를 많이 했어요. 놀라운 평온이 찾아왔어요. 사랑하는 남자가 없어도 매일매일 나를 어엿한 여자로 느끼려 노력했어요. 예쁜 속옷을 사고, 집에 있을 때도 립스틱을 발랐으며, 외적으로 내적으로 나를 가꾸었지요. 그리고 얼마 후, 나는 내가 자연스럽게 주목받는 여자가 되어 있음을 느꼈어요! 나는 침착하고 책임감이 있어 보이는 동시에 안정된 인상을 풍기는 듯했어요. 간단히 말해 나는 유연한 사람이 되어 있었던 거예요. 그러고 나서 나에게 딱 맞는 남자를 만나게 되었을 때 나는 준비 잘 된 여자가 되어 있었어요. 나는 성급하게 굴지 않고 우리의 관계를 서서히 무르익게 했어요.
나 스스로 행복하게 사는 법을 배운 덕분이죠.

클라우디네는 행복을 만드는 타고난 능력이 있었는가? 아니
다. 그녀는 오히려 지독한 노력파다. 그녀는 유연하고 적응력이
뛰어난 사람이 되려고 애써 노력했다. 삶을 움켜쥐었고 끝까지
혼자로 남으면 어쩌나 하는 두려움과 싸웠다. 사실 '솔로'의 시
기는 잃어버리는 시간이 아니다. 두려움 없이 그 시간에 임한다
면 그것은 행복으로 이르는 길이 되어줄 것이다.

유연함을 획득하기 위한 4단계

유연함과 평온함을 얻기 위해서는 다음 4단계를 주파해야 한다.

1단계: 불안에 휩싸이는 시기

사랑하는 사람과 아기자기하게 살고자 하는 꿈은 막 물거품
으로 돌아가고 당신은 다시 혼자가 된다. 당신은 어디로 가야 할
지 모르고 극도로 불안하다. 다시 싱글로 살 수 있을까? 그런 삶
이 재미가 있을까? 당신은 사랑의 번민과 이별의 고통으로 몸서
리를 친다. 이런 고통에서 벗어나기 위해 빨리 새로운 남자를 찾
고 싶다. 당신은 새로운 사람을 만나기 위해 노력한다. 이따금 괜
찮을 것 같은 남자를 소개받지만 두세 번 만나면 내면 깊숙한 곳

에서 내가 진정 사랑하는 남자는 어디에 있지? 하는 회의가 밀려
올 뿐이다.

당신은 자기연민에 빠진다. 아무도 나를 사랑하지 않아. 아무
도 내게 전화를 걸어주지 않아……. 지독한 슬럼프다. 당신의 기
분은 바다 한가운데서 풍랑을 만난 돛단배처럼 기복이 심하다.
자신밖에는 아무도 함께 해주는 사람이 없다. 그러나 안정을 찾
으라. 가능한 한 당신에게 즐거움을 주는 많은 일들을 하라. 친구
들을 만나고, 극장에 가고, 요리를 하고, 또한 연애의 노하우를 연
마하라. 당신은 지난 몇 년간 이런 부분을 등한시해온 것이 틀림
없다. 이제 자신을 시험해볼 용기를 내라. '꽝'을 만나면 어떻게
하냐고? 한때 이상한 남자를 사귄 것은 그리 창피한 일이 아니다.
자신이 실수를 범하는 것을 허용하라. 모든 것은 연습의 문제다.
그리고 연습은 재미있을 것이다.

✳ 이 시기의 목표 달성
홀로 있는 시간이나 친구들과 함께하는 시간들이
즐거운가? 불안이 약간 가라앉는가? 브라보! 이 시
기, 그 이상의 것은 바라지 말라.

2단계: 애써 담담함을 연출하는 시기
당신은 주변사람들에게 너무 잘 지낸다고 말한다. 하지만 그

말을 하면서 속에서는 거부감을 느낀다. 제길, 사실은 아닌데! 그러나 어떻게 해서든 스스로 잘 지낸다고 믿고 싶다. 당신은 아주 많이 괴로워했고 더 이상 괴로워할 힘조차 없다. 이제 그 어느 것에도 그 누구에게도 상처를 받지 말자고 혼잣말을 한다. 위장된 담담함을 연출하는 시기에 당신은 스스로를 많이 속여야 한다.

당신의 냉장고는 거의 텅 빈다. 먹는 것은 거의 바깥에서 해결한다. 밤마다 클럽과 술집을 전전하고 술과 담배에 많은 돈을 지출한다. 집에 혼자 있기 싫어서 말이다. 당신은 어떤 값을 치르고서라도 즐기려 한다. 남자와도 빨리 시작하고 빨리 끝맺는다. 우정도 빠르고 피상적으로 맺는다. 쏘다니고 싶을 때면 쏘다니기를 좋아하는 친구가, 술집에 갈 때면 술집에 오래 앉아 있는 친구가, 남자들이 만나고 싶을 때면 남자들이 치근대는 친구가 필요하다. 이때처럼 남자들과 아무렇게나 만났던 적은 없다. 밤일을 잘 못하는 남자? 오 좋았어, 그럼 안녕. 당신은 어떤 값을 치르고서라도 자기확인을 하고 싶다. 당신에게 너무 가까이 오는 사람은 낭패를 당한다! 아직 사랑을 위한 자리는 없다. 사랑이라는 위대한 감정은 매진되었다!

그러나 전체적인 안목으로 볼 때 이런 시기는 유익하다. 커다란 행복은 꿰어차지 못했지만 당장 그럴 필요가 있는 것은 아니다. 필 콜린스의 말대로 당신은 "사랑을 서두를 필요가 없다." 그러므로 될 수 있는 한 담담한 태도를 취하라. 당장 내일 신랑감을 만나고 싶은 마음을 조용히 억누르라. 이 시기 자신을 살펴 진정 원하는 것이 무엇인지 느끼라.

✳ 이 시기의 목표 달성

며칠 저녁을 혼자 집에서 외로이 보낸다. 아마도 소파에 앉아 울게 될지도 모른다. 그러나 이제 혼자 있는 것이 두렵지 않다. 냉정을 되찾아야 잘못된 사랑에 빠지지 않을 수 있다는 사실을 깨닫는다.

3단계: 정리 정돈의 시기

당신은 자기연민기를 지났다. 신체가 제동을 걸 때까지 밖을 쏘다녔고, 주변의 술집들을 전전했다. 이로써 충분하다. 이제 이 모든 것에 흥미를 잃었다. 다시 집에서 아기자기한 저녁식사를 만들고 싶은 의욕이 생긴다. 화분과 신선한 꽃, 비싼 침대커버를 사고 거실에서 홀로 낭만적인 춤을 춘다. 천천히 자기확신이 스멀거리며 올라온다. 나는 언젠가 다시 사랑에 빠질 거야. 그리고 혼자 지낼 수 있어. 홀로 작은 감정의 기복을 처리할 수 있고 남자가 없이도 잘 해나갈 수 있어. 당신은 다시 즐거움으로 삶을 계획하고 만들어나가기 시작한다. 새로 얻은 확신으로, 충만한 아이디어들로, 우스운 깜짝쇼로 친구들을 놀래기도 한다. 그리고 내적으로 평온한 상태에 이른다. 브라보!

당신은 다시금 삶에 뛰어들 준비가 되어 있다. 혼자만의 행복을 향유할 줄 알며 이따금 사람들을 만난다. 다시금 남자들을 매혹시키는 카리스마가 생겼고 독립적이며 편안하고 따뜻하다. 그로써 성공은 보장된 것이나 마찬가지다.

✻ 이 시기의 목표 달성

당신은 스스로를 찾았고 애써 냉정함을 연출하지 않아도 내면의 평정을 느낀다. 당신은 좋아하는 것에 몰두한다. 그것은 일일 수도 있고, 정원 가꾸기일 수도 있고, 친구들일 수도 있다. 당신은 느긋하며 얼굴은 다시 빛을 발하고 삶에 대한 의욕을 느낀다. 자기중심적인 불안은 사라지고, 다른 사람들에게 자신이 가진 행복을 선사하며, 막 사랑에 빠진 친구를 질투하지 않는다. 내일 내게도 그런 일이 일어날 수 있다는 사실을 예감하기 때문에.

4단계: 사랑의 승리를 맛보는 시기

당신은 컨디션이 좋다. 충분한 수면에 균형 잡힌 식사. 적절한 인간관계. 직장에서 당신은 친절하고 유능하다. 당신은 자주 환한 웃음을 짓고 그것은 사람들의 눈에 띈다. 이제 당신에게 관심을 갖는 남자들은 점점 많아진다. 참으로 오랜만에 당신은 가벼운 연애를 거는 남자를 거부한다. 당신은 좀 다른 것을 원한다. 서로 책임질 수 있는 구속력 있는 관계를 말이다. 삶의 동반자, 위대한 사랑을 말이다.

하지만 전과 다르게 당신은 평온하며 서두르지 않는다. 행복한 삶에 대한 자신의 주관과 계획이 있기 때문이다. 당신은 자신에게 딱 맞는 최고의 남자를 만날 기대감에 부푼다. 이제 다시 관계 속으로 들어갈 의욕이 생긴다. 전과 달리 남자들을 단순한 쾌락의 대상이나 동물로 여기지 않고, 함께하고픈 멋진 창조물로 본다. 그리고 다른 사람에게 어떻게 좋은 인상을 줄 것인지를 안다. 과장되게 자신을 밀어붙이는 것이 아니라, 유연하고 섬세하고 솔직하고 지성미 넘치는 여자로 다가갈 줄 안다.

이런 4단계에서 무엇을 배웠는지를 잊지 말라. 스스로의 행복을 디자인하라. 자신 있고 독립적인 여자가 되라. 두려워하지 말라. 그에 대한 보상으로 사랑이 찾아올 것이다.

✱ 이 시기의 목표 달성
당신은 느긋하고 인내심이 있고 태연자약하다. 이제 적합한 남자를 만나는 건 시간문제일 뿐. 당신의 편안함으로 당신은 어디에서든지 환영받는다. 이런 상태를 유지하라.

내겐 어떤
남자가 어울리나?

남자가 어울리나?

어떤 남자를 만나야 할까를 자문해본 적이 있는가? 당신은 남자의 어떤 부분을 중요

시하는가? 자신이 어떤 여자인지 평가해보려고 노력한 적이 있는가? 이번 장에선 여

자들이 알아야 할 심리유형학을 다룰 것이다.

당신은 어떤 타입인가? 반항적이고 고집스럽고 제

멋대로 나가는 스타일인가? 아니면 가정적이고 집에 있기를 좋아하는 스타일인가? 심리학자들은 자신의 성격을 파악하는 것은 매우 유익한 일이라고 말한다. 현실적인 자기평가가 파트너 선택에도 도움이 된다는 것이다. 다음에 제시한 여성 유형 분류는 성공적인 애인 만들기를 위해 도움이 될 것이다.

1. 모험가 타입

프로필

당신은 정체된 상태를 견디기 힘들어한다. 늘 무엇인가가 진행되고 있는 상태라야지 그렇지 않으면 지루해 한다. 파트너가 인생경험이 없고 답답하며 자신의 고향마을이나 첫 직장을 떠나려 하지 않는 스타일일 때 당신은 지긋지긋하다. 당신에게 변화는 필수다. 더 빨리, 더 높이, 더 멀리! 이 삼화음 앞에 당신은 황홀감을 느낀다. 전진을 원할 뿐 휴식이나 정체를 원치 않는다.

당신은 활동적인 스타일이다. 혼자 조용히 머물러 있기보다는 사람들과 어울리기를 좋아하고 내성적이기보다는 외향적이다. 직업이건 취미건 다람쥐 쳇바퀴 도는 것은 딱 질색이다. 당신이 유부녀라면 가정주부로만 지내지 않고 학부모회나 서클 활동

을 열심히 하거나 파트타임으로 일을 해야 직성이 풀린다. 당신
은 다른 사람들에 비해 에너지가 넘친다.

당신의 전형적인 특징

남다른 용기를 가졌다. 실험을 좋아한다. 새로운 상황을 두려워
하지 않는다.

당신의 완벽한 주말

캘린더는 스케줄로 꽉 차 있다. 오전에 친구들에게 전화하여 함
께할 사람을 모은 다음, 오후에는 자전거 하이킹이나 도보 여행이
나 보트 타기를 즐긴다. 저녁에는 사람들이랑 어울려 재미있게
지낸다.

당신에게 필요한 것

당신의 모험에 함께할 사람이 필요하다. 사람들과 어울리거나 힘
겨루기를 하고 싶은 당신의 욕구는 아주 크다. 그러므로 사회적
으로 유능한 남자라야 기회를 얻을 수 있다.

당신의 매력 포인트

당신은 여자를 동료나 동지로 대하고 싶은 남자들에게 인기가 많
다. 모험을 두려워 않는 당신의 성격은 매력적이다. 거기에 아주

작은 애교를 가미한다면 말이다.

당신에게 어울리는 남자

당신을 행복하게 해줄 남자는 진정한 사나이다. 깨질 듯 연약한 스타일이 아니라 세상 물정 다 아는 모험가. 내일 당신이 좋아하는 도시에서 화려한 밤을 보내기 위해 오늘 당신과 함께 황야에서 캠핑을 할 수 있는 남자다. 그는 팔방미인에 다재다능하며 현실감각도 결여되지 않은 남자다.

✲ 당신의 남자를 위한 사용설명

첫째, 초행길에서 당신의 방향감각이 남자보다 단연코 나음에도 불구하고 남자로 하여금 독자적으로 길을 찾도록 내버려두라. 남자는 자신이 길을 인도하고 싶어한다. 그 재미를 그에게 넘겨주라. 남자들은 안내자가 되고자 하며 그 점에서 여자의 경탄 어린 시선을 받기를 원한다. 당신이 원초적 욕구를 채워주면 그는 물론이거니와 당신도 행복해질 것이다.

둘째, 그는 당신의 모험가적인 면을 좋아하는 동시에 당신 속에 있는 길들일 수 있는 연약한 인간에게 끌린다. 그러므로 강한 부분만을 보이지 말라. 이

것은 장기적으로는 부정적인 결과를 초래할 수 있
다. 스스로 자신이 강하다는 것을 아는 것으로 충분
하다. 그 사실을 상대방에게 계속 주입할 필요는 없
다.

셋째, 모든 것을 혼자서 결정하지 말라. 왼쪽으로
갈 것인지 오른쪽으로 갈 것인지 때로 파트너에게
결정권을 남기라. 다음번에 다시 나침반을 쥐면 되
지 않겠나.

넷째, 당신이 그를 얼마나 필요로 하는지를 보여주
라. 모험가 스타일의 여자들은 종종 자신의 약한 부
분을 보여주는 것을 힘들어한다. 그러나 당신 역시
안전한 항구, 즉 사랑해주는 남자를 필요로 한다는
것을 잊지 말라.

2. 프리마돈나 타입

프로필

당신은 도리안 그레이와 비슷하다. 정선된 기호를 가지고 있으며
아름답고 세련되고 고상하고 비싼 것을 좋아한다. 주변사람들은
당신을 따라오기가 약간 힘들다. 당신이 다른 사람과 구분되는

엘리트주의와 약간의 속물근성을 내보이기 때문이다. 그 때문에 당신은 때로 손해를 보기도 한다. 어떤 사람도 당신의 매혹적인 모습 배후의 섬세한 영혼을 보지 못하기 때문이다. 당신의 기호를 뒷받침해줄 돈이 없다고 생각하는 남자들은 감히 당신에게 다가갈 생각조차 하지 못한다.

당신의 전형적인 특성

외모에 신경을 많이 쓰는 스타일이다. 당신은 변덕스럽고 주인공이 되어야 직성이 풀린다. 당신의 이상형은 영화배우 니콜 키드먼, 섹시 팝가수 킬리 미노그, 드라마 〈섹스 앤 더 시티〉의 캐리 역인 사라 제시카 파커 등이다.

당신의 완벽한 주말

당신은 까다로운 여자다. 자기 자신에 대해서도 요구가 많다. 그래서 토요일 아침은 으레 시내에서 가장 잘하는 미용실에서 시작한다. 당신은 주말을 위해 완벽한 자기연출을 한다. 점심에는 여자친구들과 함께 우아한 레스토랑에서 식사를 하고 식사 때의 대화 주제는 드라마 〈섹스 앤 더 시티〉에서 등장하는 대화 주제와 같다. 식사 후에는 마음껏 쇼핑을 즐긴다. 프라다 가게를 들렀다가 테스토니에 들러 새로 나온 구두를 신어본다. 그리고는 쇼핑가방을 양손에 들고 행복한 웃음을 지으며 집으로 돌아온다. 저녁에는 새로 산 물건들로 치장하고 우아한 파티에 간다.

당신에게 필요한 것

많은 관심! 당신은 시선을 받고 부러움을 사고 싶어한다. 그래서 일에 관련해서도 시시콜콜한 자랑을 늘어놓는다. 사람들의 인정을 받는 것은 삶의 원동력이 된다. 당신에겐 무대와 관객이 필요하다. 갈채를 보내줄 사람들…….

당신이 배우나 여타 자기연출 욕구에 어울리는 직업을 갖지 않았다면 그것은 아마도 가슴 깊은 곳에 겁쟁이 여인이 숨어 있기 때문일 것이다. 그런 면은 동전의 양면처럼 당신 속에 내재하고 있다. 자기과시 욕구와 대조되는 부드럽고 연약하고 수줍은 면이 당신 안에 있는 것이다. 이런 것들은 좋은 것이다. 이런 것들을 간혹 내보이도록 하라. 그것은 당신을 더 인간적으로 만들어줄 것이고 남자들이 갈망하는 여자로 만들어줄 것이다.

당신의 매력 포인트

당신은 영리하고 아름답다. 그리고 외모에 특별히 신경을 많이 쓴다. 당신은 다른 이들에게 내보이기 좋은 여자이며, 탁월한 장식품이 될 수 있다. 인정하라! 당신이 영리하다는 것이야 스스로 잘 알지 않는가.

당신에게 어울리는 남자

당신에게 어울리는 남자는 당신보다 고수여야 한다. 당신보다 나이가 많고, 당신의 변덕에도 자제심을 잃지 않을 만한 사람, 어떤 상황에서도 당신을 용인해주는 남자다. 당신이 집안을 꽃분홍색 페인트로 칠하더라도, 서른다섯 켤레의 구두를 사기로 결정하더라도 받아줄 수 있는 남자다.

그가 이렇게 너그러울 수 있는 것은 스스로 이미 모든 것을 다해보았고 지금은 서서히 안정기에 돌입한 상태이기 때문이다. 그는 한때의 자신처럼 펄펄 뛰는 여자를 귀엽게 느끼며 자신의 곁에 두고 싶어한다. 그러므로 눈을 크게 뜨고 관대한 남자를 찾으라. 물질적으로도 풍요할뿐더러 당신을 호강시켜주고, 눈만 보고도 당신이 원하는 것을 척척 알아맞히는 재능을 가지고 있어야 한다. 물론 이런 남자는 드물다. 그러나 당신의 독특한 카리스마로 그런 남자를 사로잡아 보라.

✳ 당신의 남자를 위한 사용설명

당신보다 꽤 나이가 많은 남자를 골랐다면 그를 조심스럽게 다루라. 그가 때로 당신보다 먼저 잠이 들었다고 하여, 성급히 찬성을 표시하며 당신과 세세한 부분까지 토론해주지 않는다고 하여, 당신과 외출하는 대신 집에서 담배를 피우는 것을 더 좋아한다고 하여 화내지 말라. 오히려 그로 하여금 그가 허락한 자유가 얼마나 좋은지를, 그의 보호로 인해 당신이 얼마나 든든한지를 느끼게 하라. 이런 남자를 행복하게 만드는 것은 그리 어렵지 않다. 그가 당신에겐 다른 사람과 도저히 교환할 수 없는 존재라는 느낌을 불어넣으라. 그러면 그는 당신이 원하는 모든 것을 할 것이다.

3. 반항적인 타입

프로필

반항녀인 당신은 상대가 누구든지 간에 늘 딴지걸기를 좋아한다. 규칙을 지키기보다 관습을 무시하고, 뭔가 다른 것을 추구한다. 당신은 철저한 개인주의자이기도 하다. 전래적으로 내려오는 여자의 역할? 그런 것은 안중에 없다. 남자들이 당신에게 다가오는 것은 쉽지 않다. 당신은 스스로 혼자 세상 끝까지라도 갈 수 있는 능력이 있다는 것을 알기 때문이다.

사실 이런 반항심은 섬세한 정신과 날카로운 이성, 평등을 원하는 심사숙고하는 인격에서 비롯된다. 그러나 반항적인 여자의 복합적인 성격 스펙트럼은 주변세계에 쉽게 보이지 않는다. 그저 큰 소리로 외치며 최전방에서 싸우는 것만 눈에 띌 뿐이다. 의욕 없이 구석에 조용하게 앉아 있는 것처럼 당신을 화나게 하는 일은 없다. 남자들은 이런 당신의 겉만 보고 지레 겁을 먹는다.

당신의 전형적인 특징

반항적인 여자는 의지력이 강하고 자신감이 있다. 뜨거운 논쟁을 좋아하고 다른 사람들은 입을 다물고 있는 곳에서 결코 입을 다물지 못한다. 갈등의 소지를 그냥 보아넘기지 못하며 자신과 함께 힘겨루기를 할 사람을 찾는다. 반항녀는 강한 성격의 사람들을 좋아한다. 물에 물 탄 듯, 술에 술 탄 듯한 사람들을 보면 화가 난다.

당신의 완벽한 주말

토요일 저녁 친구들과 함께하는 토론 모임. 모두 그다지 말이 없는데 당신 혼자 큰 소리로 개혁정책에 대해 비난하는 목소리를 높인다. 당신은 지성인들과 자유를 외치는 투쟁가들과 세계를 많이 돌아다녀본 사람들을 좋아한다. 당신 옆에 앉은 백치미를 자랑하는 공주 스타일의 여자-당신의 의견에 따르면 그런 여자는 그들의 마초 남자친구를 경외심을 담은 눈길로 바라보는 것밖에는 아무 일도 하지 못한다-는 완전히 코가 납작해진다. 당신은 쉬지 않고 말을 하여 모임이 끝날 무렵 목이 쉴 정도다. 당신은 가장 마지막으로 자리에서 일어난다. (당신의 남자친구는 이미 세 시간 전부터 집에 갔으면 했는데 말이다.)

일요일은 두꺼운 신문을 탐독하며 보낸다. 아침식사 자리에서 당신은 하찮은 일상 이야기를 나누고 싶어하지 않는다. 당신이 현안의 뉴스거리와 정치문제와 세계경제 위기 같은 무거운 주제에 대해 목소리를 높이는 바람에 상대방은 자신이 빵과 마아말레이드만 생각하는 것에 양심의 가책을 느낄 지경이다.

당신에게 필요한 것

당신에겐 철사줄 같고 천사 같은 인내심을 가진 친구들이 필요하다. 모든 것을 캐내야 직성이 풀리는 당신을 대적할 사람들은 그리 많지 않다. 그러나 대적할 수 있는 소수의 사람들이 당신의 친구가 될 수 있을 것이다. 그들은 당신의 빠른 생각들을 따라잡을 수 있고, 당신의 생각에 한 번 정도 이의를 제기할 수 있으며, 당신의 지적 욕구와 투쟁심을 견딜 수 있는 사람들이다. 당신은 인내심이 있고 의식이 있으며 사려 깊은 남자를 필요로 한다. 그는 당신을 위해 필요한 경우 중재자와 피스메이커Peacemaker가 되어주어야 한다. 지성과 감성을 겸비한 사람만이 당신을 행복하게 해줄 것이다. 그가 당신에게 이따금 침묵을 강요하면 그 말을 들으라. 당신에게 유익할 테니.

당신의 매력 포인트

당신의 반항심은 매력적이다. 그러나 이따금 당신도 온순해질 수 있음을 보이라. 언제나 반항적인 태도로만 일관하면 아무도 참아줄 수 없다.

당신에게 어울리는 남자

당신과 반대되는 성격을 가진 남자다! 반항아 둘로 묶어진 커플은 눈뜨고 볼 수 없다. 당신의 이상적인 파트너는 당신에 대해 탄복해주고, 당신의 고집 앞에 자신의 고집을 꺾을 수 있는 남자여야 한다. 스스로 질풍노도기를 겪은 후 이제는 안정되고 정돈된 사람이어야 한다. 그리하여 당신이 느끼는 삶의 문제들을 조용하고 사려 깊게 대할 수 있어야 한다. 따라서 락 카페 같은 데 들렀다가 겉모습은 체 게바라 같지만 머릿속엔 보드카 생각밖에 없는 터프가이를 고르지 말라. 당신에게 필요한 남자는 터프가이가 아니다. 어떤 남자가 무슨 말을 하는지 귀를 기울여 속이 꽉 찬 남자를 골라야 한다.

❋ 당신의 남자를 위한 사용설명

당신이 그런 남자를 찾았다면 규칙적으로 그로 하여금 얼마나 중요한 사람인지를 느끼게 해줘라. 평소 당신이 제3세계에서 벌어지는 인권 문제에 대해 열을 올리는 것과 똑같이 그에 대해 열을 올리며 말을 해야 한다. 그의 영리한 생각과 인내심을 칭찬하고, 그의 인내심과 그가 언제 어디서나 당신의 생각을 들어주는 것에 대해 감사를 표하라.

알아둘 것은 상대방을 긍정적으로 북돋워주는 사람만이 자신도 상대방에게 그런 대우를 받을 수 있다는 것이다.

4. 헌신적인 타입

프로필

요정이 와서 당신에게 소원을 들어주겠다고 하면 당신은 아름다운 정원이 딸린 커다란 집을 원할 것이다. 귀여운 세 아이가 애완동물과 어울려 뛰어노는 집. 당신은 천상 여자다. 요리하기를 좋아하고 집 꾸미기를 좋아하며, 아이들의 웃음소리가 들리는 생기 넘치는 가정에 대해 열광한다. 당신은 사랑하는 사람들을 곁에 두고 싶어하고 그들을 잘 챙겨주고 싶어한다. 아이 유치원 축제가 있으면 맛있는 케이크를 구워가고, 동료에게는 사장이 술안주로 무엇을 좋아하는지를 조언한다. 다른 사람들을 보살피는 데 당신은 거의 천부적이다.

당신은 아마 여러 형제의 맏딸로 자랐거나 부모님이 일찍 돌아가시는 바람에 일찌감치 가족에 대한 책임을 떠맡았던 사람인지도 모른다. 당신은 매우 성실하며, 때문에 도무지 믿음이 가지 않는 사람들을 싫어한다. 당신과 함께 사는 것은 즐겁다. 그러나 조심하라. 사람들에게 이용당하게 될지도 모른다. 모든 사람이 천사가 아니라는 것을 뼈아프게 체험하게 될지도 모른다.

당신의 전형적인 특징

당신은 주변사람들의 필요를 아주 빨리 파악한다. 말을 많이 하기보다는 오히려 들어주는 편이며, 사람들은 조용하고 사려 깊은 당신에게 즐겨 일을 맡긴다. 축제 때 아이들을 돌보는 것도 당신 몫이다. 그러다 보면 제대로 된 음식은 모두 동이 나버려 찌꺼기로 만족해야 하는 경우도 빈발한다.

당신에게 필요한 것

당신의 화두는 화목이다. 당신은 가족이나 친구들과 더불어 단란하게 아침식사를 하거나 저녁에 남편과 아이들, 강아지와 함께 소파에서 뒹굴뒹굴하는 걸 좋아한다. 당신은 친밀감과 안전감을 필요로 한다. 이것이 당신에게 가장 중요하다. 하지만 유감스럽게도 이런 것들은 언제나 얻어지는 것이 아니다. 그렇지 못할 때 당신은 조개처럼 뚜껑을 꼭 닫는다.

당신의 매력 요인

당신은 따뜻함을 풍긴다. 남자들은 여간해서 변덕스럽지 않고 까다롭게 굴지 않는 당신을 높이 평가한다.

당신의 완벽한 주말

토요일 오전 스무 명의 손님 접대를 하기 위해 시장을 보러 나간다. 토요일 오후는 부엌에서 음식 준비를 하며 보낸다. 저녁쯤 되어 배고픈 손님들이 몰려오면 바쁘게 시중을 들고 뒤치다꺼리를 한다. 일요일은 가족과 함께 지낸다. 친정이나 시댁에 들러 식사를 하고 저녁에는 가족들과 잠깐 산책을 한 후 집에서 낭만적인 저녁식사를 하고 이불 밑에서 뒹굴뒹굴하면서 일요일을 마친다.

당신에게 어울리는 남자

당신의 사랑표현을 수용해줄 줄 아는 남자. 당신처럼 초콜릿을 좋아하고 당신이 오븐으로 부리는 마술에 열광할 줄 아는 남자. 자기 엄마를 좋아하며 그래서 당신의 모성애적인 성격을 아주 환영하는 남자. 요부 같은 여자를 원하지 않고 안정되고 가정적인 여자를 원하는 남자. 요란한 전람회 개막식보다는 집에 마련한 작업실에서 소소한 것들을 만드는 데서 즐거움을 찾는 남자. 구찌 신상품 컬렉션을 구경하는 것보다 정원을 일구는 것을 좋아하는 남자. 유행에 민감하지 않고 비싼 자동차에 그다지 욕심을 내

지 않는 남자. 실용적이고 현실적인 남자. 당신과 마찬가지로 가
정을 이루는 것이 가장 소원인 남자.

✳ **당신의 남자를 위한 사용설명**
그는 당신을 위해 소소한 집수리를 해주고, 커튼을
갈아 끼워준다. 정원에 놓을 낭만적인 테이블을 짜
기 위해 세 번이나 재료상에 왔다갔다 한다. 그는
기꺼이 당신을 도와주고 나름대로 챙겨주는 남자
다. 그 남자는 사랑을 말보다는 행동으로, 사랑에
넘치는 작은 제스처로 표현하고 당신을 위해 뛰어
난 손 솜씨를 발휘한다.
그의 행동에 합당한 관심을 보여라. 그가 미사여구
를 써서 사랑을 표현해주기를 기대하지 말라. 그의
실용적인 사랑법, (가령 새장을 만들어주는 것)이 천
마디 달콤한 말보다 낫다.

5. 수줍음을 타는 타입

프로필

다른 여자들은 관심을 끌기 위해 자신을 드러내지만 당신은 그런

것에 거부감이 든다. 시끄럽고 자기중심적이거나 치근대는 사람들은 딱 질색이다. 당신은 조용히 있는 걸 좋아하고, 한 발 물러나 주변에 머무르기를 좋아한다. 학교 다닐 때 반 아이들 앞에서 발표라도 하게 되면 얼굴이 빨개지는 것 때문에 무척이나 괴로웠다. 당신은 큰소리와 유창하게 이야기하는 것이 쉽지 않다. 자기 PR은 당신의 적성에 맞지 않는다. 때로 자신의 조용한 성격이 싫어 다른 사람들처럼 의견을 분명히 피력하고 자신 있게 앞에 나서고 싶기도 하지만 잘 되지 않는다. 하려고만 하면 할말도 많을 성싶다. 그러나 실수할까봐 두려워 차라리 입을 다문다.

당신의 전형적인 특징

당신은 소극적이다. 너무 자신이 없기 때문이다. 당신은 수수하고 눈에 띄지 않는 옷을 입는다. 토론이나 수다에 참여가 저조하다. 그래서 사람들은 당신을 과소평가한다. 당신이 자신을 제대로 보여주지 않기 때문이다. 그리고 이것 때문에 자신도 괴롭다.

당신에게 필요한 것

당신에겐 무엇보다 자신감이 필요하다! 다른 사람들처럼 자신의 실수에 대해 관대한 태도를 취하라. 완벽한 사람은 아무도 없다. 당신은 원칙을 중시한다. 나쁘지 않다. 그러나 너무 지나치면 원칙이 브레이크처럼 작용하여 당신의 즉흥성을 방해할 수 있다.

주의하라! 너무 절제하는 사람은 고독해질 수 있다. 남과 어울리며 자신을 내보이도록 해보라. 당신에게 관심 있는 사람들이 있다는 걸 명심하라.

당신의 매력 포인트

큰 소리로 말하는 적이 별로 없고, 뻔뻔하지 않으며 신중하고 사려 깊다. 이것은 많은 남자들이 높이 평가하는 특질들이다.

당신에게 어울리는 남자

수줍어하는 태도 그대로 당신을 인정하면서도 필요한 경우에는 거기서 벗어나도록 당신을 유인할 수 있는 남자. 당신의 부드럽고 조용한 면을 좋아하지만 그 때문에 당신을 과소평가하는 실수를 범하지 않는 남자. 스스로도 조용한 사람으로 떠들썩한 모임 같은 데 참여하는 것을 싫어하면서도 당신으로 하여금 자연스럽게 자기를 표현할 수 있도록 부추겨줄 수 있는 활력을 소유한 남자.

✲ 당신의 남자를 위한 사용설명

남자의 말을 추종하라. 그가 당신에게 이것저것 추천하면 못이기는 척 한번 해보라. 상황이 부담된다고 고집을 피우거나 반항하는 아이처럼 굴지 말라.

당신이 그를 얼마나 필요로 하는지를 보여주고 당신의 욕구를 정확히 표현하도록 노력하라. 모임에서 단 한순간도 혼자 있는 순간을 참을 수 없다면 그에게 그렇다고 이야기하라. 생각까지 다 읽을 수 있는 사람은 없다. 너무 스스로 침잠해 있지 말고 남자에게 관심을 보이고 그의 이야기에 귀를 기울여주라. 남자가 당신에게 이야기하고 싶은 것들도 있을 것이다.

조심해, 함정이야!

4

영리한 여자들이라고 실수가 없는 것은 아니다. 그들도 가끔은 차라리 만나지 않았으면 좋을 뻔한 남자들에게 빠져 넘어지는 수가 있다. 잘못된 선택은 누구에게나 있을 수 있는 일, 그 때문에 의기소침해하지 말고 다시 시작하라. 잘나가는 관계는 인생의 기쁨을 주고 삶을 살아갈 힘을 주기 때문이다. 이번 장에서 당신은 남자를 사귀는 데 있어서 실책을 범하지 않을 좋은 정보들을 얻을 수 있을 것이다.

이 남자가 '꽝'이라는 걸 어떻게 분별할까? 직감과 본능과 이성을 완전히 놓지 않는다면 잘못된 남자를 낚을 위험을 줄일 수 있다. 속이고 거짓말하는 남자, 당신의 사랑을 줄 가치가 없는 남자는 자세히 보면 분간할 수 있다. 다음과 같은 특성을 보이는 남자와는 즉각 결별하라. 그래야 안전하다.

✳ 사랑하기 힘든 남자

···▶ 당신의 필요에 무관심하다.
···▶ 남의 이야기는 듣지 않고 자기 말만 한다.
···▶ 당신보다 취미와 술친구에 할애하는 시간이 더 많다.
···▶ 감정을 표현하고 관심을 갖고 애정을 표현하는 일에 인색하다.

우리가 누구를 선택하든 상당 부분은 자기 책임이다. 관계는 성숙한 두 사람이 만나 성립되는 것이므로 모든 죄를 남자들에게만 전가할 수는 없다.

오늘날 많은 여성들은 물질적으로 독립해 있고 어떻게 살 것인지를 심사숙고하여 결정하고 있다. 여자들이 이렇게 많은 선택권을 휘둘렀던 때는 드물었으며, 또한 여자들에게 이렇게 많은 문이 열려 있었던 때는 없었다. 하지만 많은 여자들에게 이런 선택권은 부담이 되기도 한다. 어떻게 살 것인가? 결혼을 할 것인가? 독신으로 지낼 것인가? 양다리를 걸칠 것인가? 잠깐 함께할 남자가 필요한가? 일생 동안 함께할 남자가 필요한가? 이런 질문에 대답하는 것은 그리 쉬운 일이 아니다.

오늘날 여자들은 무엇을 원하는가? 모든 것을 다 가지기를 원한다. 주부건 싱글이건 전문경영인이건 화가건 다양한 삶을 설계할 수 있다. 단, 삶은 재미있어야 하고 자극적이어야 한다. 여자들이 원하지 않는 것 한 가지는 바로 지루한 일상에 빠지는 것이다. 《프로인딘Freundin》지가 의뢰해 라인골트 시장 연구소가 연구한 결과에 따르면 여성들의 47퍼센트는 뭔가 강렬하고 정열적인 것을 경험하기를 소망한다.

오늘날 젊은 여성들은 더 이상 남자를 삶의 주춧돌이자 핵심으로 보지 않는다. 그들 스스로 많은 것들을 가지고 있기 때문이다. 하지만 그럼에도 불구하고 여자들은 일생일대의 사랑을 꿈꾼다. 그리고 이런 모순 속에서 종종 좋은 남자를 선택하는 데 어려움을 겪게 된다. 그렇다면 과연 좋은 남자는 어떤 남자일까? 다음을 참고하라.

❊ 좋은 남자의 조건

⋯▸ 함께 있으면 유쾌하다.
⋯▸ 걱정해주고 신경을 써준다.

···▶ 만남이 편안하다.

···▶ 싸움이 격렬하지 않다.

···▶ 내가 좋아하는 것에 관심을 보인다.

···▶ 내 친구나 가족과 기꺼이 함께하려고 하며 그들을 만났을 때 예의 바르게 행동할 줄 안다.

···▶ 내가 기분이 좋고 나쁨과 상관없이 나를 사랑해 준다.

···▶ 이따금 아기자기한 일을 만들어 관계에 활력을 불어넣는다.

✽ 당신이 사랑해도 좋을 남자

···▶ 사랑과 애정을 표현하는 남자.

···▶ 약속을 지키는 남자.

···▶ 당면한 문제에 대해 협조적인 태도를 보이는 남자.

···▶ 어려운 일을 당해도 태연한 남자.

다행히 남자들 또한 방향을 찾고자 하고 지속적인 관계를 원한다. 그러나 연구 결과에 의하면 남자 세 명 중 한 명은 자신이 관계를 책임질 능력이 없다고 생각한다니 약간 충격적이지 않을 수 없다. 그러므로 눈을 크게 뜨고 안테나를 수신 상태로 하라! 그리고 거짓말 탐지기를 은밀히 작동시키라.

1. 이런 남자는 '꽝'이다

우리 모두가 알고 있듯이 못된 남자들이 있다. 여자를 가지고 노는 남자. 여성의 신체와 은행 잔고에만 눈독을 들이고, 인격이나 지성에는 관심이 없는 자들. 그런 자들에 의해 여자들이 하나의 예술작품으로 인정받지 못하고 '목적'을 위한 수단으로 전락하는 것은 유감스런 일이다.

그들은 가면을 쓴다. 그런 남자들은 자유를 무엇보다 중요시여기며, 구속력 있는 관계를 맺을 능력이 없다. 옆에 있는 여자들을 특정 목적을 위해서만 사용하지, 자신의 삶의 중심으로 만들 생각은 전혀 없기 때문이다. 여자들은 그 정도의 역할에 만족할수 없다. 그러므로 다음 열 가지 타입의 남자를 만나는 것은 무슨일이 있어도 피해야 한다.

'자유가 좋아' 타입

이런 남자는 구속당하는 것을 싫어하고 힘들어한다. 왜 그럴까? 밖에 그렇게 많은 예쁜 여자들이 돌아다니는데 한 사람에게만 마음을 주기가 불안하기 때문이다. 젊다 보니 아직 세상 물정을 몰라서 그럴 수도 있고, 성격이 안정을 못 하고 산만해서 그럴 수도 있지만, 가장 악명 높은 것은 아예 안정된 관계를 원치 않고 여자들을 호리고 다니는 바람둥이들이다. 이런 남자와 함께 단시일 동안 꿈같은 나날을 보낼 수도 있을 것이다. 그럴 때 그는 완벽한 남자로 보일 것이다. 그러나 그 직후 추락의 아픔은 상당히 클 것이다. 이런 남자와 더불어 아직 고공비행 중인가? 이제 3일밖에 안 되었다면 계속 하늘을 날고 있을지도 모른다. 그러나 이런 남자와는 지속적인 관계가 불가능하고 고공비행도 헛수고다. 이런 유형의 남자는 결코 자신을 책임질 수 없기 때문이다.

✱ **결론**: 이런 유형은 한순간의 모험에는 몰라도 진지한 관계를 이루기는 부적당하다.

단물만 빼먹는 타입

첫만남부터 당신은 고개를 갸우뚱할지도 모른다. 그가 지갑을 잊고 온 것이다. 물론 계산은 당신이 한다. 그런데 그 후로도 마찬가지다. 완전히 공짜로 얹혀 지내려는 그의 전략은 훈련된 연극이다. 그는 은행이 빚이 있다고 말한다. 그러면서 뻔질나게 당신을 새로운 미식가의 전당으로 안내한다. 그러면 어떻게 되는가? 지불은 당연히 당신 몫이다. 남자의 머릿속은 돈 쓸 일로 가득하며, 세련되고 비싼 취향을 가졌다. 우스운 것은 계속 파산 상태라면서 틈만 나면 시내로 쇼핑을 나가 와이셔츠를 열 장씩이나 사가

지고 돌아오는 것이다.

✽ **결론:** 방법은 하나다. 손을 떼라. 그렇지 않으면 금전상의 손해를 보게 될 것이다. 당신은 파산상태가 될지도 모른다. 당신이 돈을 다 쓰고 나면 그의 마음은 신속하게 그를 레스토랑으로 초대하는 다른 여자에게로 옮겨가게 될 것이다.

남자 프리마돈나 타입

이런 타입의 남자는 거드름 피우기의 고수다. 모든 것은 그 남자를 중심으로 진행되어야 한다. 그는 주변 세계의 갈채를 필요로 한다. 문제는 사람들이 알아주지 않으면 화를 낸다는 것이다. 남자 프리마돈나는 거의 못 말린다. 당신보다 두 배는 오래 목욕탕을 사용하고 분수를 모르며 비판을 참지 못한다.

✽ **결론:** 이런 남성 프리마돈나와 더불어 아마도 한순간 정도 허풍을 떨 수 있을 것이다. 하지만 장기적인 관계에는 실패한다. 프리마돈나는 "그 외에 다른 신을 둘 수 없기" 때문이다.

먹물+투덜이 타입

이런 남자는 조용히 있을 수 없다. 자기 눈 속의 들보는 보지 못하고 이웃의 눈 속에 든 티를 지적하는 사람. 자신에 대해 불만족하다 보니 투덜이로 변했다. 그리하여 가까이 있는 사람들을 무자비한 언어로 공격하고 학대한다. "연휴를 보내더니 많이 뚱뚱해졌구먼." "이 고기는 왜 이리 질겨? 이봐! 이 고기 어떻게 된 거야?" "이 포도주는 너무 뜨뜻 미지근해." 도대체 아무것도 마음에 드는 것이 없고, 아무것도 있는 그대로 넘어가지 못한다. 그는 긍정적인 감정들을 불신하고, 모든 것을 나쁘게 만들어놓고 보아야 직성이 풀리기 때문이다.

✻ **결론:** 이런 남자와 함께하는 삶은 가히 악몽이다. 귀를 막고 듣지 않거나, 그를 가난하고 무식해도 모두가 웃으며 행복하게 사는 나라로 보내지 않는 이상 말이다. 그런 곳에 간다면 그의 습관은 고쳐질지도 모른다.

우울증 환자 타입

화창한 일요일이다. 밖에는 태양이 밝게 빛나고 사람들은 정원에서 맥주를 마시며 즐긴다. 그런데 그만 우울하다. 왠지 모르게 가슴이 쓰린 그는 가만히 누워 있지도 못하고 호랑이처럼 고통스런 표정으로 집안을 누빈다. 우울증 환자 같은 스타일은 끊임없이 자신에게 몰두하고 별일 아닌 것에도 집착하고 신경질을 한껏 부린다. 함께 있는 사람은 안하무인이다. 급한 사람은 자신이니까!

✻ **결론:** 여가 시간에 무보수 간호사처럼 일하고 거기

에 더해 상당히 마조히스트 같은 면을 지니고 있는 여자만이 그런 남자를 참아줄 수 있다.

바람둥이 타입

원래 여자친구가 있음에도 불구하고 그는 당신과 일을 벌이고 싶어한다. 그러다가 당신이 그에게 푹 빠지면 금세 다른 여자들에게로 시선을 돌린다. 바람둥이는 늘 자신의 가능성을 열어둔다. 그에게 성역은 없고, 재미보는 것만이 중요하다.

✽ 결론: 이런 남자들에게는 최후통첩만이 통한다. 나만 만나든지 아니면 당장 눈앞에서 꺼지든지. 물론 꺼질 확률이 많지만.

질서지상주의자 타입

이런 타입의 남자는 여자가 독자적으로 무엇을 하는 것을 참지 못한다. 어디에 있었느냐? 누구랑 있었느냐? 왜 이렇게 늦었느냐? 모든 것을 감독하고 통제해야 속이 시원한 스타일이다. 자유롭게 해주고 너그럽게 봐주고 거리를 두는 데는 불능이다.

✽ 결론: 그가 여자에게 제공할 수 있는 것은 단 한 가지, 완벽한 감옥이다.

마마보이 타입

독립하면 달라질 거라고? 천만의 말씀! 이런 남자는 아들 노릇에 익숙해져 있고 누군가 쫓아다니며 뒤치다꺼리를 해주어야 한다. 그는 아직도 부모님의 집에 지내거나, 설사 혼자 살아도 빨랫감을 엄마에게로 가져가고 아버지가 주는 돈으로 산다. 이런 남자는 배가 암초를 피하듯 자신이 책임을 지는 상황을 어떻게든 피한다. 그러므로 그는 애초에 누군가를 위해 책임을 질 능력이 없는 사람이다. 평등한 관계? 이론상으로만 알 뿐이다.

✱ **결론:** 이런 남자가 가장 원하는 것은 바로 편안함이다. 둘이 한 집에 살지 않을 때는 상관없다. 하지만 그가 집을 나와 당신과 합치면 문제는 그때부터 시작된다.

돈 주앙 타입

섹스에 집착하는 스타일이다. 모든 여자를 집적대고 여자들이 그를 알아주기 바란다. 하지만 유감스럽게도 사람들은 그를 탐탁지 않게 생각한다. 돈 주앙에겐 장점도 있다. 무엇보다 여자들을 기분 좋게 하는 칭찬을 할 줄 안다는 것. 그러나 문제는 단 한 번 하는 것처럼 들리는 이런 사랑고백을 모든 여자들에게 한다는 것이다.

✱ **결론:** 이런 타입의 남자는 고정적인 관계에 들어갈

수도 없고 들어가고자 하지도 않는다. 그러므로 그의 용도는 한순간의 모험용이다.

신경을 긁는 타입

그는 당신에게 하루에도 열 번씩 전화를 해댄다. 여자를 마주앉혀놓고 자신에 대해, 그리고 여자가 알지도 못하고, 관심도 없으며, 별로 중요하지도 않은 사람들에 대해 이야기를 그치지 않는다. 여자에게 화장실 갈 시간도 주지 않을 정도이다. 상대방의 이야기에는 관심이 없다. 오로지 자신이 떠들어대는 것만 중요할 뿐, 상대방의 말을 경청할 수도, 공감할 수도 없다. 그는 자신이 얼마나 사람들을 질리게 만드는지 알지도 못한다.

✽ 결론: 방법은 단 하나다. 빨리 도망가는 것!

2. 도우미 신드롬을 버려라

여자들은 많은 날들을 남자들을 행복하게 해주기 위해 애쓴다. 어릴 때부터 주변사람들을 배려하고 희생하도록 교육받은 덕분에 그 부분에서 한도를 정하기 힘들어한다. 그것은 도우미 신드롬의 형태로 나타난다. 여자들은 사랑받기 위해서는 끊임없이 도움을 베풀어야 한다고 생각하며, 도움을 베푸는 것이 의무라고 생각한다. 어린 여자아이들도 마찬가지다. 여자아이들은 집에서 엄마 일을 도우며 일찌감치 다른 사람을 존중하는 것을 배운다. 물론 바람직하다. 그러나 여기에 그늘진 면도 있다.

파트너 관계에서 사회적인 역할을 떠맡는 것은 거의 여자들이다. 인간관계를 챙기고, 아이들 숙제를 돌보아주며, 부모가 신체가 불편하거나 입원이라도 했을 때 온갖 신경을 다 쓰는 것은 여자들이다. 물론 다른 사람을 챙겨주고 보살펴주는 것은 좋은 일이다. 그것이 자신의 능력을 초과하지 않는 이상 말이다. 그러나 한도를 정하는 것과 거절하는 법을 배우지 않은 많은 여자들은 이런 상태가 지속되면 소진하게 마련이다.

연령을 막론하고 여자들이 남자들보다 스트레스를 더 받는다고 한다. 여자들은 예순이 넘어서야 비로소 약간 편안해진다. 심리학자 데이비 알마이다가 연구의 일환으로 1천 명이 넘는 미국인들에게 전화상으로 스트레스에 대해 인터뷰한 결과, 무엇보다 여자들이 스트레스를 받고 있는 것으로 나타났다. 25세에서 59세 여자들의 44퍼센트가 날마다 스트레스를 받는다고 답했으며 남자들의 경우는 39퍼센트가 그렇게 답했다. 남자들은 여자들에 비해 가정과 관련된 스트레스가 적었으며 주로 직장에서 스트레스를 받는 것으로 나타났다. 흥미로운 것은 여자들은 직장에서건 집에서건 하루에 너무 많은 일들을 하려 한다는 점이었다. 여자들의 여가 시간은 남자에 비해 하루 평균 30분이 적었으며, 맞벌이 엄마의 경우는 하루에 자신만을 위해 사용하는 시간이 거의 없었다.

직장일, 가사노동, 육아 외에 파트너 관계도 여자들의 스트레스 원천이 되고 있는 것으로 나타났다. 무엇보다 여자들은 더러운 속옷을 아무 데나 벗어놓는다거나, 집안일을 나 몰라라 하는 등 남자들의 좋지 않은 습관 때문에 스트레스를 받고 있었다. 알렌바하 여론조사 연구소의 설문에 따르면 여자들이 남자들보다 배우자의 흠에 대해 더 많이 분노하고 있는 것으로 나타났다. 남자들이 여자들 때문에 스트레스를 받을 때는 여자들이 집안 청소를 너무 열심히 하거나, 텔레비전 프로그램 선택을 놓고 흠을 잡을 때 등이었다. 주지할 만한 것은 여자들의 화를 내는 빈도가 최근 점점 늘고 있다는 사실이다. 1992년에는 26퍼센트의 여자들만 집안일을 돕지 않는 파트너에 대해 불만이 있었다. 그러나《오늘의 심리학》지에 따르면 오늘날에는 무려 36퍼센트가 그런 불만을 가지고 있다.

여자들은 기꺼이 희생하는 태도로부터 자신을 보호할 필요가 있다. 계속 다른 사람의 필요를 우선시하고 자신의 필요를 억누르는 것은 정신건강에 해롭다. 그러므로 우리는 약간의 이기심을 발휘할 필요가 있다. 그것은 정당한 일이며 돈이 드는 일도 아니다. 그러므로 여성들이여, 자기 어깨에 짐을 줄이라. 정말 가슴에서 우러날 때에만, 정말 필요할 때에만 도움을 제공하라. 힘들다고 말하고, '그 일을 지금은 할 수가 없다' 고 침착하게 말하라. 당신도 자신의 필요를 존중할 권리(의무는 아니라 해도)가 있다. 모든 사람에게 다 잘할 수는 없는 노릇이다.

삶을 단순화시키라. 어떤 사람이, 그리고 어떤 일이 당신에게 중요한지를 생각하라. 어떤 일에 헌신하는 것이 가치가 있는가? 어디에서 한 번 정도 화풀이를 할 수 있겠는가? 누가 당신을 있는 그대로 수용해줄 수 있겠는가? 많은 사람들이 긴장 풀기를 힘들어한다고 한다. 자신을 위해 시간을 내어 무엇인가를 하라. 남자를 매혹시키는 것은 안달복달하는 여자들이 아니라 편안한 여자들이며, 자신을 존중하고 잘 보살피는 여자들임을 명심하라.

✻ 도우미 신드롬에서 벗어나는 방법

···▶ 당신이 해야 할 일을 정말로 필요한 것으로 줄여 목록을 작성하라. 해마다 한 번씩 자신의 소망과 목표를 체크하라. 가보고 싶은 곳은 어디어디인가? 하고 싶은 일 중 이룬 것은 무엇이고 남은 것은 무엇인가? 나는 개인적으로 여행을 좋아하고 여행하고 싶은 곳을 한 번씩 적어보는 것을 좋아한다. 여행에 대한 꿈을 꾸는 것만으로 벌써 심신의 긴장이 풀린다.

···▶ 그럴 필요가 있을 때는 화를 내라. 물론 사장 앞

에서는 안 되겠지만 파트너나 가족이나 친구들에 겐 당신이 한계가 있다는 것을 보여주라.

···▶ 참을 수 없을 정도로 힘들 때는 웃어라. 웃음은 신경을 이완시켜주고 갈등과 긴장을 풀어준다. 웃 는 것이 혼자서 잘 되지 않으면 재미있는 비디오를 빌려 봐도 좋다.

···▶ 파트너 뒤를 쫓아다니며 치워주지 말라. 그런 일 이 계속되면 당신은 그의 파트너가 아니라 청소부 가 된다.

···▶ 부담이 너무 클 때나 착취당하고 있다는 의심이 들 때는 못 하겠다고 말하라.

연구에 따르면 62퍼센트의 여성은 파트너와 작은 일로 다툴 때 스트레스를 받는다. 그러므로 되도록 자신과 잘 맞는 남자를 선택하는 것이 지혜롭다. 이런 현상과 관련하여 올바른 연령대의 남자를 선택하는 것도 중요하다. 대부분의 여자들은 자기보다 대여섯 살 많은 남자들과 무난하게 지낸다. 물론 자신과 상대 남자의 개인적인 성숙도가 중요하다. 그러나 분명한 것은 연령에 따른 전반적인 특성이 존재하고 이것이 관계에 중요한 영향을 끼칠 수 있다는 것이다.

25세의 남자

25세의 남자는 약간 반항기가 있다. 대부분의 여자들은 그것을 그저 섹시하다고 생각한다. 이 나이대의 남자들은 강렬한 감정을 표현한다. 스스로 강한 남자 내지는 불멸의 존재로 느끼며 어떤 값을 치르고서라도 멋진 사나이가 되고자 한다. 그리하여 신체를 열심히 돌보고 빨래판 배를 만들기 위해 열심히 훈련한다. 25세 전후의 남자들은 성적으로 아직 실험기를 벗어나지 못했다. 성욕은 매우 강하다. 그러나 종종 책임을 지고자 하지 않는다.

통계에 의하면 25세의 남자는 3일에 한 번씩 섹스를 하며 평균 일곱 명의 여자들과 경험이 있다. 그들은 외모와 에로틱한 측면으로 여자들을 판단한다. 이 나이대의 남자들은 고정적인 사랑의 대상으로는 종종 부적합하다. 책임을 지고 구속당하며 여자에게 충분히 관심을 보일 마음이 없기 때문이다. 그들의 유희충동은 너무나 크므로 안정된 관계를 원하는 여자는 이런 젊은 야생동물로부터 손을 떼야 할 것이다. 그에 반해 순간적인 낭만을 즐기고 싶은 여자에겐 25세의 남자가 적격이다.

35세의 남자

남자가 35세쯤 되면 상황은 완전히 달라진다. 30세를 전후로 남자들은 가정을 이루고자 하는 소망이 커진다. 그들은 이제 안정을 제공해주는 관계를 원한다. 하지만 아직 어떤 방향으로 나아가야 할지 망설이는 경우가 많다. 30대 후반 정도 되면 많은 관계가 정리된 상태가 된다. 30대 초·중반에 파경을 맞는 커플들이 많으니까 말이다. 30대의 남자들은 굉장히 성공 지향적이어서 종종 사랑보다는 일이 우선시된다. 역시 스스로 야망이 있는 여자라면 이 나이대의 남자와 가사일을 비롯한 일상적인 부담과 관련하여 협상 하에 파트너 관계를 시작해야 할 것이다. 그렇지 않으면 모든 것을 얻고자 하는 배우자 옆에서 희생양이 될 수 있다.

45세의 남자

45세의 남자는 어느 정도 인생 경험이 있는 남자다. 그는 이혼을 경험했을 수도 있고 어느 정도 삶의 환상을 버렸을 수도 있다. 이런 경험은 그를 성숙하게 만들어 위기에 어떻게 대처해야 하는지 알고 있다. 45세경에 진짜 사랑에 빠지는 남자는 과소평가해서는 안 될 가치를 지니고 있다. 그는 이전의 관계를 파국으로 이끌었던 실수들을 다시 범하지 않으려고 조심하며, 여자들을 행복하게 만드는 여러 가지 방법들을 알고 있다.

이상적인 경우 그들은 안정적인 관계를 이룰 능력이 있으며, 드디어 발견한 행복이 길에 핀 예쁜 꽃으로 인해 위험에 처하지 않도록 유혹에 저항할 줄 안다. 그들은 파트너의 장점을 높이 평가할 줄 알며 여자들의 감정기복과 허영심에 태연하게 대처할 수 있다. 45세 정도의 남자는 여자에게 가장 행운의 남자가 되어줄 수 있다. 성적으로는 아직 모든 것에 문제가 없으며, 여자들을 재미있게 해주고 자기과시를 하는 데 필요한 기발한 착상도 모자라지 않다. 밤에 호수에서 수영하기? 천 송이의 장미꽃이 어우러진 정원에서 식사하기? 원숙한 남자는 결코 분위기도 도외시하지 않는다.

55세의 남자

55세 정도의 남자는 보통 천사의 인내심과 고요를 갖추고 있다. 삶이 어느 정도 안정되고 일이 순조롭게 진행되며 건강이 허락하는 한 그들은 가장 관대하고 너그러운 남자들이다. 이런 남자들과의 관계는 20대 남자들과 함께하는 것처럼 얼얼하지 않다. 때로 우정의 냄새가 난다. 나이 차이가 많이 나는 여자라면 55세 정도의 남자에게 떠받들림을 받을 수 있다. 그의 에로틱 레퍼토리는 35세 남자와는 비교가 안 되게 많다. 이 나이의 남자들은 애무를 발견한다. 그 자체로 순수한 애무 말이다. 55세의 남자가 새로이 사랑에 빠지면 그들은 여자를 진정으로 행복하게 해주어야 한다는 무지막지한 공명심에 불타게 된다.

남자를 잘 고르라. 지위와 수입 같은 외적인 조건도 그와의 일체감 못지않게 중요하다. 처음부터 주고받음이, 그리고 구속과 자율이 균형을 이루도록 하라. 결코 관계가 당신의 모든 것이 되는 일은 없도록 하라. 친구도 만나야 하고 여가 시간도 즐겨야 하고 약간의 게으름을 부릴 자유도 있어야 한다. 결코 불평등한 관계를 인정하지 말라. 무시당하거나 비하당하는 일을 결코 받아들이지 말라. 파트너 관계가 성립되는 초기에 한계가 어디인지 충분한 신호를 보내는 사람만이 이용당할 위험을 줄이게 된다.

3. 불행을 자초하는 자기암시를 버려라

어리석게도 아름다운 미래를 스스로 망쳐버리는 여자들이 있다. 아무것도 믿지 않고, 아무것도 시도하지 않고, 모든 것을 의심하는 여자들. 간단히 말해 사랑의 존재를 부인하는 여자들이다. 스스로의 미래를 비관하는 사람은 무의식중에 진짜로 그런 나쁜 미래가 펼쳐지게끔 한다. 이것을 자기암시, 즉 심리학 용어로 자기 충족적 예언(스스로 실현하는 예언)이라 하는데 심리학자들은 자기 충족적 예언이 우리의 삶에 막대한 영향을 끼친다는 것을 증명했다. 물론 자기 충족적 예언을 긍정적으로 활용하면 좋을 것이다. 그러나 부정적 예언은 우리의 사랑할 용기와 의욕을 위험할 정도로 작게 만들 수 있다.

뒤에서 살금살금 다가와 여자를 망쳐버릴 수 있는 다섯 가지 자기 충족적 예언에 대해 경고하는 바이다.

"내가 만나는 사람이 그렇지 뭐!"

맞다. 사랑을 하려다 몇 번 실패를 경험하고 나면 누구나 한동안은 낙천적인 태도를 잃어버린다. 소개팅을 할 때마다 이상한 남자가 걸리고, 잘나가는가 싶었더니 끝내 뼈아픈 상처를 받는다. 일이 계속 안 되면 사람들은 '내가 만나는 사람들은 왜 죄다 이 모양이지?' 라고 자문한다. 다른 이유일 수도 있으나 당신 자신의 투명성의 결여가 원인일 수도 있다. 가령 성공적인 커리어우먼의 모습만 보이려 하고 소심하고 상처받기 쉬운 여인의 모습은 숨긴 것 아닌가? 물론 '초콜릿' 같은 면을 부각시키는 것은 의미가 있다. 그러나 특정한 면을 지나치게 부각시키는 이유가 두려움 때문인 경우도 있다. 심리분석가 융은 모든 사람에겐 그늘진 면이 있다는 것, 즉 강점만큼의 약점이 존재한다는 것을 발견했다. 이런 사실을 염두에 두면 자신의 진정한 면모를 관찰하기가 더 쉬울 것이다. 강점만을 고집하는 것은 진정한 자아를 왜곡시킨다.

그러므로 자신의 그늘진 면을 발견하도록 노력하라. 친구들의 의견은 스스로 잘 몰랐던 자신의 성격을 파악하는 데 도움을 줄 것이다. 그리고 나서 어떤 이유에서 당신이 나만 왜 이렇게 일이 안 된다고 생각하는지를 생각해보라. 어렸을 때 경험했던 커다란 실망이 지금의 이런 생각에 영향을 끼치고 있는 것은 아닌가? 실패한 사랑의 상처가 아직 아물지 않은 것은 아닌가? 당신의 진정한 얼굴을 숨기고 있지는 않은가? 스스로 몰입하지 못하고

의심하고 있는 것은 아닌가? 예언을 바꾸라. 용기 내어 이렇게 말
하라.

✱ 희망을 부르는 자기암시법

"지금까진 진짜 짝을 만나지 못한 것뿐이야. 나는
또 사랑을 할 거고 이번에는 진짜 나에게 딱 맞는
좋은 사람을 만날 거야."

"괜찮은 남자는 다 임자가 있더라"

정말 유감스런 문장이 아닐 수 없다. 모두 짝을 찾았다고? 별볼일
없는 사람만 남았다고? 하지만 그것은 사실이 아니다. 괜찮은 남
자들도 계속 파트너와 헤어지고 있고 그로써 우리의 사냥 본능을
소생시키고 있기 때문이다. 물론 결혼하여 집을 갖고 아이를 키
우는 괜찮은 남자들이 많다. 좋다! 그것을 보며 우리는 남자들도
결국 여자와 똑같이 가정을 꾸리기를 원한다는 것을 확인한다.
그러나 아직 싱글인 남자들을 과소평가하지 말라. 그들이 유부남
들보다 못할 것이 뭐가 있는가? 뮌헨 같은 도시에는 51.5퍼센트가
싱글로 산다. 그러므로 당신에게 어울리는 남자를 찾을 가능성은
충분하다.

자신에게 자문하라. 당신이 누구를, 또는 무엇을 원하는지 아
는가? 다음 물음에 따라 리스트를 작성해보라.

✽ 내 남자가 갖추길 바라는 항목

⋯▸ 내가 원하는 남자는 어떤 특성을 가지고 있어야 하는가? 가정적이어야 한다, 너그러워야 한다 등 자신이 중요하게 여기는 특성들을 꼽아보라.

⋯▸ 나는 진정 무엇을 원하는가? 단시간 즐길 남자를 원하는가, 아니면 일생을 함께할 남자를 원하는가?

⋯▸ 남자가 단점을 갖고 있을 수밖에 없다면 그래도 봐줄 만한 단점은 무엇인가? 절대로 용납이 안 되는 단점은 무엇인가?

완벽한 사람은 없다. 모든 사람은 그 사람만의 단점을 가지고 있다. 그러므로 완벽한 남자를 만나겠다는 생각은 버려라. 그래야 사랑을 만날 수 있을 것이다. 예언을 이렇게 바꾸라.

✽ 희망을 부르는 자기암시법

"좋은 남자들은 백사장의 모래만큼 많아. 하지만 먼저 내게 맞는 남자가 어떤 사람인지 알고 싶어."

"상처뿐인 사랑, 다시는 하지 않으리"

상처받고 무시당하고 실망한 사람은 다시는 사랑을 하지 않겠다고 다짐한다. 일단 자기 보호를 하고 싶은 마음은 이해가 간다. 당연한 일이다. 최소한 얼마 동안은 말이다.

그러나 장기적으로 계속 두려움이라는 보루 뒤에 자신을 숨기는 사람은 새로운 사람을 위해 마음을 열 수 없을뿐더러 남자를 매혹시킬 수도 없다. 내면의 이런 마음은 겉으로도 표시가 나니까 말이다. 사람들은 얼음처럼 굳고 쥐구멍으로 들어가고 싶은 마음을 눈치챈다. 물론 울면서 보낸 수많은 밤들과 사랑으로 번민했던 밤들을 모두 잊고 두려움을 버리는 데는 약간 힘이 든다. 그러나 당신은 선택을 해야 한다. 모든 남자들을 싸잡아 나쁜놈들로 몰아버릴 것인가, 모든 남자가 똑같지는 않다는 걸 확인하기 위해 가능성을 열어둘 것인가. 크나큰 상처에도 불구하고 포기하지 않을 때 가능성이 열린다. 남자들도 천차만별임을 기억하라.

✱ 희망을 부르는 자기암시법

용기를 내라! 희망하라! 사랑을 믿으라! 다시 친절하고 수용적인 태도로 남자들을 만날 수 있을 때까지. 사랑을 믿는 사람은 다른 사람들에게 "내게 다가와도 돼!"라는 신호를 보내게 된다.

"겨우 남자 하나 때문에 자유를 포기할 순 없어"

이 예언 배후에도 다른 사람과 친해지는 것에 대한 두려움이 존재한다. 자신의 세계를 중시하는 여자들, 관계를 통해 어떤 손해를 보지 않을까 하는 두려움을 가지고 있는 여자들이 이런 말을 한다. 이들은 "관계를 맺지 않으면 마음 아플 일도 없을 거야"라고 생각한다. 그러나 이것은 치명적이다. 인간이라면 누구나 친밀함을 동경하기 때문이다. 구속이 가져오는 '부수효과'로부터 미리 자신을 보호하고자 하는 것은 감정적 연대를 방해하며 장기적으로는 고독을 불러온다.

특히 실망을 경험했던 여자들은 그들이 다시 한번 남자를 사귈 것인지, 결혼은 해야 할 것인지에 대해 다른 사람보다 세 배는 더 심사숙고한다. 자유를 포기해야 할 것인지 정확히 숙고하는 것은 좋은 일이다. 하지만 시작도 전에 마음의 문을 닫아버리면 사랑에 빠지는 행복을 맛볼 수 없다. 이런 예언을 하는 여자들 중에는 엄마의 영향을 받은 사람들도 있다. 딸들에게 말버릇처럼 "네 아버지 때문에 난 너무 많은 것들을 포기했다"고 넋두리를 하는 엄마들이 많다. 어릴 때부터 그런 말을 듣고 자란 사람은 스스로 '전극을 교환'하기가 힘들다. 그러나 불가능하지는 않다. 삶이 자신의 것임을 확실히 하고, 인생은 스스로 사는 것이며, 어느 누구도 대신 살아줄 수 없음을 분명히 하라.

생각해보라. 몰입하는 것이 어떤 위험을 갖는가? 상대방에게 시간을 할애하고, 몰입할 때 얻을 수 있는 좋은 점들을 생각해보라. 그러면 자기 방어막을 너무 강하게 치는 것은 고독을 불러온다는 것을 느낄 수 있을 것이다.

✿ 희망을 부르는 자기암시법

남자와 함께하면서도 자유를 누릴 수 있으며 누려야 한다. 따라서 둘이 되었다고 자유를 포기할 필요는 없다. 종이 한 장을 준비하여 어떤 때 혼자 있고 싶은지 써보라.

결혼생활을 하면서 자유에 대한 욕구를 어떻게 충족시킬 수 있을까? 정기적인 '솔로데이'를 정함으로써 이 문제를 해결할 수 있을지도 모른다. 그와 더불어 어떤 때 파트너와 함께이고 싶은가를 적어보라. 그러면 혼자보다는 둘이 있고 싶은 때가 많다는 것을 금방 느낄 수 있을 것이다. 문제될 것 없다. 관계 속에서 융통성을 발휘하라. 새로운 남자를 사귀게 되면 당신이 자유에 대한 욕구를 충분히 채울 수 있도록 미리 합의를 할 수 있을 것이다.

"남자들은 강한 여자한테는 거부감이 있다"

아하! 이 역시 노력하지 않고 지레 포기하려는 전형적인 핑계이다. 솔직하라. 당신은 정말 강한가? 이런 말을 하면서 포기하려는 심리 속에서는 한 번쯤 호되게 고통당하는 것을 참지 못할 만큼

약한 마음이 있지 않은가? 물론 강한 여자를 좋아하지 않는 남자들도 많이 있다. 여자를 자기 마음대로 주무르려고 말이다. 그러나 안심하라. 점점 많은 남자들이 동등한 관계를 원하고 있다. 그들은 강한 여자를 만나면 인생이 덜 복잡하다는 것을 갈파하고 있다. 강한 여자들은 재정적으로 독립해 있고, 그만큼 남자의 재정적 부담이 줄어든다. 또한 강한 여자들은 자신이 원하는 것을 명백히 표현하므로 여자의 마음을 알기 위한 시간과 정력을 아낄 수 있다.

스스로 결정 능력이 있다는 의미에서의 강함은 정말 긍정적인 능력이다. 당신의 파트너 역시 이에 대해 불만이 없을 것이다. 그러나 간혹 파트너를 기분 좋게 해줘라. 파트너로 하여금 당신에게 그의 의견이 중요하며 소중한 사람임을 느끼게 하라. 영화 〈나의 그리스식 웨딩My big fat Greek Wedding〉의 여주인공은 아버지가 경영하는 레스토랑에서 여급으로 일하고 있는데 이 재미없는 일을 그만두고 이모가 경영하는 여행사에서 일하고자 한다. 엄마와 이모는 속으로 이미 결정을 본 채 아버지를 설득하기 위한 계획을 짠다. 그리고 대화를 나누며 아버지 스스로 이모의 여행사에서 일하는 것이 딸의 미래를 위해 가장 좋겠다는 결론을 내리게끔 한다. 아버지는 이 영리한 결정을 내린 것은 자신이라고 생각한다. 그리고 그 결정을 실행에 옮기기 위해 모든 것을 해준다.

이 영화에서 엄마와 이모의 전략은 매우 지혜로웠다. 가부장이 되고 싶은 남자들의 동경을 이용했기 때문이다. 영리한 여자들-강한 여자들은 영리하다-은 이제 그들이 얼마나 강한지를 은폐하기 위한 전략을 구사해야 한다. 남자에게 여자가 그를 도무지 필요로 하지 않는 듯한 느낌보다 더 기분 나쁜 것은 없다. 남자들은 여자를 보호해주고 싶어하며, 자동차를 고쳐주고 우리를 위해 전문가가 되고 싶어한다. 남자들로 하여금 기꺼이 그런 일을 하게 해줘라! 혼자 도맡아 하지 말고 남자들에게 일을 넘기라. 그것은 강한 여자의 삶을 더욱 유쾌하게 만들어줄 것이다. 누군가 필요한 것도 사실 아닌가?

✻ 희망을 부르는 자기암시법

강한 부분이 있으면 약한 부분도 있음을 기억하라. 때때로 당신이 상처받기 쉽고 민감한 사람임을 보이라. 계속 강한 부분에 대해서만 이야기하는 사람에겐 친구가 없다. 그에 반해 어쩔 줄 몰라 하고 무기력해 하고 힘겨워한다는 것을 한 번쯤 내보이는 것은 동감을 자아낸다. 그러므로 당신의 약점을 보이라. 남자들은 감사해 할 것이다.

이제 당신은 내 꺼야!

사랑하고 욕망하지 않는 삶은 의미도, 재미도 없다. (가능하면 매일매일) 놀라운 사랑 게임에 말려드는 사람은 사는 것이 얼마나 생동감 넘치는지를 깨닫게 될 것이다. 남녀간의 사랑은 포기하기에는 너무나 위대하고 아름답고 가치 있다.

우리는 사랑하는 남자를 만나기 위한 시도를 게을리 해서는 안 될 것이다. 사랑하는 남자는 이 세상의 그 어떤 것과도 비교할 수 없고 그 무엇과도 바꿀 수 없기 때문이다.

남자가 이렇게 소중하다는 것을 느끼게 해주면 그들은 우리를 위해 몸을 아끼지 않을 것이다. 그러면 우리는 원하는 것을 얻을 수 있을 것이고, 남자들은 기꺼이 친구와 기사와 어릿광대와 뮤즈가 되어줄 것이다. 남자는 생각보다 훨씬 더 많은 것을 우리에게 줄 수 있다.

그럼에도 불구하고 남자가 우리의 전부일 수는 없다. 우리 자신, 우리의 친구들, 우리의 꿈, 우리의 아이디어, 우리의 인생 계획! 모두 중요하다. 남자 없이는 도저히 살 수 없다고 생각하는 사람은 착각하는 것이다. 때로 혼자 불안한 인생의 호수를 항해하는 것도 가치 있는 일이다. 우정에 흠뻑 젖어도 보고 자신에게 몰입도 해보면서……. 그러면 우리는 혼자서도 잘 해낼 수 있다는 것을 알게 될 것이다. 그러나 항구를 동경하는 마음은 그래도 남을 것이다. 그러므로 사랑 편에 서자. 한순간 사랑에 실패하더라도. 인생을 살다보면 썰물 때도 있고 밀물 때도 있다. 일이 잘 안되는 시기는 썰물 때와 비슷하다. 그럴 때를 위해 우리가 진정 원하는 것이 무엇인지를 잘 파악해놓는 것은 참으로 유익하다.

여성적인 능력을 믿으라. 여자는 아름다울 뿐 아니라 영리하다. 자신을 최상의 빛으로 조명하여 주변세계에 지성과 매력을 뽐내라. 남자를 유혹하는 것은 재미있다. 유혹은 우리의 몫이다. 그러나 유혹이 전부는 아니다. 여자인 것 자체만으로 우리는 무한한 자산을 소유한 것이다. 그것을 안다면 우리는 전 세계를 매혹시킬 수 있을 것이다.